Victor Dekyvère

LES ANNÉES BLEUES

Rivages

Retrouvez l'ensemble des parutions
des Éditions Rivages sur

editions-rivages.fr

contactez-nous à

editions@payotrivages.com

Collection dirigée par Émilie Colombani

62 avenue de Saxe, 75015 Paris

« Peut-être qu'ainsi, avec le temps,
tu cesseras de me manquer. »

Maggie NELSON, *Bleuets*

L'horloge indique 9 h 58. Dans deux minutes, je serai en retard. Qu'importe. Je ne descendrai pas de la voiture. Je me trouve des excuses. Je nettoie la boîte à gants, le tableau de bord, les sièges.

Je ne veux pas sortir. Je ne *peux* pas. Il fait froid, il pleut et dans deux minutes on enterre Julien, mon ami le plus proche.

J'ai soixante-neuf ans, nous sommes en 2019 et je tiens à rester inconsolable.

J'avais neuf ans lorsque j'ai rencontré Julien. J'étais seul, timide et je m'inventais des mondes dans la cour de récréation. Tout a commencé à Roubaix, en 1959, grâce à une agitation, un noyau d'enfants, des billes. Au centre, deux athlètes du même âge. L'un était tassé, bossu, agrippé à la perspective de la victoire – je n'ai jamais su son prénom. L'autre avait l'allure vive et sympathique, l'œil bleu, rieur et hypnotique, c'était Benoît. Il gesticulait et parlait fort comme si seule la foule pouvait lui offrir la récompense suprême : le panache. Plus Benoît se déployait théâtralement, plus son adversaire se rétrécissait dans sa concentration, s'arc-boutant sur les règles avec lesquelles il ne fallait pas transiger.

Tout le monde autour avait choisi son camp. Tous sauf un, Julien. Il se tenait sur la ligne de démarcation, semblant basculer à chaque nouvelle action. Julien passait d'un concurrent à l'autre avec une régularité de métronome… jusqu'au moment où son regard s'est posé sur le mien. Ses yeux, mélange indéfinissable de gris et de noisette, imploraient à travers moi la réponse à l'épineux dilemme auquel il faisait face : fallait-il soutenir Benoît ? Ou l'autre garçon ?

Entre-temps sur le terrain, la partie avait dégénéré. Benoît prétendait avoir gagné. Mais son adversaire l'accusait d'avoir triché. Le ton monta et soudain, Benoît se prit un poing, valdingua et se rattrapa à ma chemise qu'il déchira. Julien s'interposa et nous fit signe de nous échapper en courant.

J'ai tout de suite su, quand Benoît s'esclaffa, qu'on ne se quitterait jamais.

– Vous avez vu la mandale ! s'exclama Benoît quelques centaines de mètres plus loin, sourire aux lèvres. Tu peux regarder si j'ai encore des dents ?

Je me suis approché, en plissant les yeux.

– Il en reste une, lui répondis-je avec ironie.

Benoît éclata de rire.

– Je m'appelle Benoît, et vous ?

– Julien.

– Élias.

Benoît me tapa sur l'épaule et nous demanda par où nous allions pour rentrer chez nous.

Je bottai en touche, laissant Julien dégainer en premier :

– Beaumont.

– Pareil ! lança Benoît.

– On fait la route ensemble ?

Nous avons descendu les rues du centre-ville, traversé le parc Barbieux, remonté l'avenue François Roussel. Je n'osais pas leur avouer que plus nous nous rapprochions de chez eux, plus je m'éloignais de chez moi.

Le brouhaha de la ville s'est tu, platanes alignés, lisses en béton, jardins verdoyants. Et nous avons marqué une pause devant chez Benoît. Un immense portail s'ouvrit comme un rideau de théâtre, laissant apparaître une demeure moderniste à l'allure d'un grand navire en briques jaunes, sorte de château contemporain aux balcons rectangulaires et à l'escalier extérieur en spirale. Je n'avais jamais rien vu de pareil. Benoît nous salua avec simplicité avant de disparaître dans le drapé du rideau métallique.

– Il paraît que ses parents sont architectes et qu'ils ne sont jamais là ! me glissa Julien en reprenant la route. Mon père trouve que les briques jaunes, c'est prétentieux dans un quartier comme le nôtre. Il dit qu'on n'est pas en Angleterre ici… Moi, j'aime bien ! Et toi, tu habites où ? me demanda-t-il.

– Vers les grandes maisons, plus haut… répliquai-je, en bafouillant.

Julien ne sembla pas voir de quelles maisons je parlais, mais il saisit l'occasion que je lui offris pour poursuivre la promenade.

– C'est drôle, moi aussi !

La maison de Julien était blanche, de plain-pied, avec un toit en ardoise. Une allée de fins cailloux menait à un élégant perron en brique, desservi par un escalier. C'était élégant, dégagé, aucun nuage noir.

Les riches ne sont pas bêtes, ils ne construisent pas les usines près de chez eux.

Après avoir salué Julien, je fis mine de poursuivre mon chemin. Avant de revenir sur mes pas. Car pour rentrer chez moi, il fallait redescendre toutes les rues que j'avais grimpées et traverser la ville dans l'autre sens, jusqu'au quartier des ouvriers.

Là-bas, la fumée vous grattait la gorge. Elle ravageait les poumons des enfants, des vieillards, et vous empêchait de porter des vêtements clairs. Là-bas, les maisons se ressemblaient toutes, serrées les unes contre les autres comme pour se tenir chaud. Des façades en briques rouges noircies, des fenêtres étroites et de petites cours où s'entassait le linge qui ne séchait jamais vraiment. Les rues étaient quadrillées par les cheminées des usines. Le quartier refusait qu'on lui échappe et la poussière nous rappelait notre condition. Poussière, tu es. Poussière, tu resteras.

La maison où nous habitions n'était pas laide. À l'intérieur, tout était modeste : une seule chambre que je partageais avec mes parents, une petite cuisine aux meubles écaillés et des toilettes au fond de la courette qu'il fallait traverser même en hiver. Seul le piano trônait dans le salon comme un vestige incongru au milieu du mobilier usé. Mon père l'avait offert à ma mère lors de leur mariage, économisant des mois sur son salaire d'ouvrier. Il voulait qu'elle ait quelque chose de beau. Mais ça, c'était avant la naissance et la disparition de mon frère d'une maladie cardiaque.

Chaque après-midi, c'était pareil. En rentrant de l'école, je trouvais ma mère dans le salon, dos voûté, face au vieil instrument toujours fermé. Je me postais derrière elle et je l'observais en attendant qu'elle me donne l'autorisation de m'approcher pour récupérer un baiser. Car, même si cela faisait bien longtemps qu'elle ne me gratifiait plus de gestes de tendresse, j'espérais chaque soir en vain.

Depuis la mort de mon frère à l'âge de deux ans, ma mère avait vieilli prématurément. Cheveux cendrés, traits creusés, cernes soulignant des yeux maussades, gestes empêchés comme si l'air était lourd et nébuleux. Ce jour-là, pourtant, elle se retourna et remarqua, avec dépit, ma chemise déchirée :

– Tu t'es encore bagarré ? Tu ne peux pas te faire des amis comme tout le monde ?

Je voulus argumenter, mais l'accélération des battements de mon cœur m'en empêcha. Et lorsque je repris mes esprits, c'était trop tard. Elle avait disparu à l'intérieur d'elle-même, face au vieux piano fermé.

Le salon n'avait pas toujours été un lieu de tristesse. Quelques années plus tôt, nous avions l'habitude de jouer au chat et à la souris avec mon petit frère. Nous nous mettions au bout du couloir. Ma mère donnait le top et nous courions jusqu'au piano. Si nous arrivions à traverser le couloir sans avoir été dévorés, on avait gagné. Ma mère ne nous rattrapait jamais, certes, mais elle nous faisait croire que c'était imminent – ce qui nous faisait hurler de bonheur et d'excitation. Elle s'asseyait ensuite sur le tabouret, entre ses deux fils, et souvent, elle répétait :

– Accrochez-vous les garçons… on part à la mer !

Nous nous agrippions. Décollage immédiat. Ses doigts sur le clavier. Elle nous jouait *La mer* de Charles Trenet. Mon père, qui nous observait de loin, entrait en scène et se mettait à chanter avec nous :

La mer qu'on voit danser
Le long des golfes clairs
A des reflets d'argent

La mer
Des reflets changeants
Sous la pluie.

Si elle passait autant de temps face au vieux piano fermé, c'était par optimisme. Voilà ce que je pense aujourd'hui. Elle espérait que le bonheur reviendrait. Alors, de peur de manquer son retour, elle l'attendait là où il l'avait lâchée.

Je mis du temps avant de comprendre que la douleur que j'éprouvais enfant n'était pas uniquement causée par le deuil, mais par la culpabilité. Perdre mon petit frère adoré n'était pas l'apogée de la tragédie. La vague de tristesse avait emporté mes parents, et me laissait le remords de n'avoir sauvé personne. L'un était mort, les autres le paraissaient déjà ; et si je n'y pouvais rien, je m'en sentais responsable.

Alors, la nuit comme à l'école, je m'évadais dans des univers parallèles. Je fermais les yeux et les murs gris de ma chambre se transformaient en océan d'un bleu profond. Les ombres des usines devenaient des vagues majestueuses, et la fumée des cheminées, des nuages énigmatiques. Cette bizarrerie me rassurait : plus le monde réel m'oppressait, plus mes rêveries devenaient vivantes, colorées, musicales. Je voyais des baleines danser sous ma fenêtre, j'entendais le chant des sirènes se mêler aux sirènes des usines. Puis, singeant maman, je me remettais à penser au passé, aux courses-poursuites et à la mer qu'on voyait danser, le long des golfes clairs.

Le week-end, lorsque mes parents allaient faire des courses, je prétextais une dette de sommeil et m'asseyais au piano dès qu'ils s'absentaient. Au départ, je ne faisais rien d'autre que de caresser le clavier au hasard, juste pour le plaisir sensuel de toucher le bois verni. Rapidement, et sans m'en rendre compte, je me mis à chercher la mélodie perdue. À ma grande surprise, Trenet répondit vite à l'appel. Il apparut d'abord par grappes de notes mal liées, puis de façon plus régulière, quoique littérale – ce qui suffisait déjà à me divertir tant je ne jouais pas dans le but d'être entendu.

– Tu te débrouilles vachement bien au piano ! m'interpella Julien à travers la fenêtre entrouverte, le samedi d'après l'épisode des billes.

Sursauter, puis voir la honte se mêler à la joie de le revoir :

– Alors c'est là que tu habites, petit cachottier ? poursuivit-il avant de m'inviter à déjeuner chez lui.

Je m'apprêtais à accepter lorsque j'aperçus le trou dans ma chemise.

– On s'en fout, je te prêterai des vêtements.

Je lui jetai un regard étonné.

– Et ma mère appellera la tienne pour la prévenir, conclut-il en coupant court à tout revirement possible. Après on pourra aller jouer chez Benoît, si tu veux…

Comment m'avait-il retrouvé ? Ni sur le moment, ni par la suite, je n'ai osé le lui demander. Julien m'avait sans doute suivi le soir après l'école. J'avais honte de devoir lui expliquer ce qu'il avait déjà compris : nous n'étions pas du même monde.

Julien vivait dans une atmosphère feutrée. Son père, grand homme sec aux cheveux grisonnants toujours impeccablement coiffés, parlait peu, mais pesait chacun de ses mots. Chez Julien, on portait des costumes même le dimanche et on ne quittait sa montre en argent que pour dormir. Sa mère orchestrait la maison d'une main invisible, dans un bruissement perpétuel de tissus précieux. Ses tailleurs bien coupés et son chignon strict lui donnaient l'allure d'une femme du monde. À table, on parlait des usines qu'ils détenaient à Tourcoing ; des voyages de plusieurs mois en bateaux vers l'Australie que tel ou tel oncle faisait pour importer ou exporter les marchandises. On parlait des différences culturelles aussi. On utilisait, comme beaucoup de Français à l'époque de la guerre d'Algérie, l'expression « travail d'Arabe » pour qualifier un travail mal fait.

– Et vos parents, Élias, que font-ils dans la vie ? me demanda sa mère alors que je ne savais pas quel couvert utiliser, le tout corseté dans une chemise coûteuse prêtée par Julien.

– Mon père est dans la laine lui aussi, mais il s'est fait virer parce qu'il boit trop, rétorquai-je sans pincette.

La réponse me valut un regard séduit de la part de Julien, tandis que sa mère tentait de rester impassible. Car oui, il y avait des règles de politesse chez Julien. Le dimanche par exemple, lorsqu'on déjeunait avec les adultes, on ne se servait pas avant la maîtresse de maison, même si celle-ci vous le proposait. On se vouvoyait, on ne se prenait pas dans les bras. Et malgré le confort, on se sentait souvent seuls.

Chez Benoît, c'était différent. Il n'y avait pas de moquette dans le salon, pas de crucifix, pas de prière le soir avant de se coucher, mais beaucoup de livres. On s'intéressait à la Nouvelle Vague et à l'art abstrait. On pouvait s'entretuer pour un film, on émettait des jugements politiques sur telle ou telle séquence, tel ou tel personnage ou metteur en scène. Tout était porteur de sens.

Chaque samedi, après le déjeuner chez Julien, nous avions pris l'habitude de traîner dans le salon de Benoît. Les étranges maquettes d'immeubles, qui semblaient pousser un peu partout comme des champignons, me fascinaient.

– Ce sont mes parents qui imaginent ça. Ils pensent qu'agrandir les fenêtres, ça peut changer la vie des gens. Donc, ils en mettent partout ! me lança-t-il lors de la première visite.

Je contemplai ces petits bâtiments en silence. Dans mon quartier, on construisait des usines, on y travaillait, on rentrait épuisé. Ici, on dessinait l'avenir.

Architecte. Le mot sonnait comme un métier inventé, presque irréel pour moi qui grandissait dans une famille modeste.

– On va se baigner ? nous proposa Benoît, sur un coup de tête.

Je regardai Julien d'un air interrogatif, tandis que Benoît sortit de la maison, en slip, et plongea dans la piscine du jardin. Une piscine à la forme étonnante, bordée de dalles de pierre claire qui paraissaient flotter au-dessus de l'eau. Nous l'imitions avec plaisir et, ce qui nous parut extraordinaire la première fois, devint bientôt une routine.

Une nuit, alors que nous dormions tous les trois, je fis un rêve si puissant qu'il me réveilla. J'étais trempé, honteux, effrayé. Je voulus tout de suite le raconter à mes camarades pour qu'ils m'aident à y voir clair. Et si Benoît rechignait, le visage engourdi par le sommeil, Julien m'écoutait avec fascination. Nous avions désormais 15 ans.

– J'étais dans une grande salle sombre en béton. Ma tête était posée sur un corps de bébé. Je ne savais pas marcher, je n'arrivais à rien faire... Jusqu'à ce qu'une jeune femme apparaisse dans un halo de lumière ! poursuivis-je, habité. Elle était grande, vraiment grande. Elle avait l'air gentille. Là, j'ai entendu un son. Pur et puissant. Un son clair et fort à la fois. Un son parfait. Une secousse immense ! Elle a tendu ses bras vers moi et j'ai commencé à grandir. Mon corps ne s'arrêtait pas de pousser ! J'étais content de me transformer, mais comme ma peau se déchirait à cause de la croissance, je me suis mis à paniquer.

Plus j'essayais d'attraper la fille, plus elle s'éloignait de moi… et plus le son devenait fort ! Elle, elle riait. Mes bras et mes jambes s'allongeaient, mais mon… sexe, lui, disparaissait. J'avais mal au ventre et je me suis transformé… en cafard, conclus-je dans un murmure.

Mon récit avait glacé l'air de la chambre. Julien me fixait, les yeux écarquillés, Benoît semblait chercher une justification rationnelle :

– C'est rien, c'est ton cerveau qui arrange de vieux souvenirs !

Julien et moi n'en étions pas si certains.

– Je vous assure ! On peut se rendormir, sans problème, déclara Benoît déjà sous la couette.

J'étais particulièrement fébrile et toujours suant. Julien, qui me gratifiait d'un long regard, se leva sans bruit. Il ouvrit sa table de chevet et fouilla un moment. Ses doigts s'arrêtèrent sur un objet que je ne distinguais pas dans la pénombre. Il revint vers moi et, avec une soudaine timidité, me tendit un harmonica. L'objet brillait faiblement dans la lumière de la lune.

– C'est pour moi ? soufflai-je, stupéfait par ce geste inattendu.

– Personne ne l'utilise ici. Il appartenait à mon grand frère, celui qui est parti étudier à Paris.

Les cadeaux me font un drôle d'effet, encore aujourd'hui. Quand j'en reçois, je réalise la place que j'occupe dans le cœur de l'autre. Au lieu de m'en réjouir, je crains aussitôt de la perdre, comme si c'était trop beau pour durer. S'ensuit toujours une gêne, une rougeur, un doute. Julien déposa une main pour m'apaiser, avant que Benoît ne mette un terme à la séquence émotion :

– Dodo, les gars.

Julien et moi avons glissé dans nos draps respectifs, et la nuit a repris son trajet habituel.

La rentrée des classes de l'année 1965 avait eu lieu quelques jours plus tôt. J'entrais en troisième au collège pour garçons Saint-Louis, un établissement privé auquel je n'aurais jamais pu accéder sans l'aide de Julien, inquiet pour la suite de mon parcours. Officiellement, j'avais décroché une bourse au mérite. En réalité, son père avait fait jouer ses relations pour m'obtenir une place. Là-bas, l'éducation était dispensée par des jésuites et les fils d'ouvriers se comptaient sur les doigts d'une main. Mes parents évitaient consciencieusement chacune des réunions de l'établissement, se sentant étrangers dans ce monde si loin du leur.

À cette époque, je craignais de perdre Julien et Benoît. J'imaginais dans mes pires cauchemars qu'ils m'abandonneraient bientôt au profit de camarades plus beaux, plus intéressants, plus riches. C'était une année charnière. Julien se transformait déjà en un jeune homme élancé et élégant – celui qu'il deviendrait tout à fait par la suite. Benoît utilisait déjà sa malice comme une arme de séduction massive, rien ni personne ne lui résistait. Ni les filles de son âge, ni les adultes. Moi, j'étais obnubilé par mes cernes, l'espace entre mes dents et mon gros nez. Les riches ont toujours les dents blanches et serrées. J'avais les mains larges de mon père et la peau grasse.

Depuis plusieurs mois, je passais de plus en plus de temps seul. Le piano m'accaparait. À l'oreille et sans savoir lire aucune partition, j'avais cherché à retrouver la sensation du son que j'avais éprouvée dans mon rêve. Lorsque je jouais, je me sentais à ma place. Je ressentais les mouvements d'un monde plus grand, plus simple ; j'étais libre. Et désormais, je savais jouer la mélodie de Trenet avec fluidité – ce qui n'était pas du goût de ma mère. Soûle et soûlée par le bruit, elle refermait systématiquement le piano :

– Joue autre chose, s'il te plaît ! m'implorait-elle, en s'affalant dans sa mélancolie dépressive.

Alors, pour échapper à son humeur, j'emportais l'harmonica que Julien m'avait offert et je déambulais dans les rues, dans les parcs et sur les toits. Mon niveau s'améliorait de jour en jour et je pris l'habitude de jouer partout, tout le temps : jusqu'aux toilettes du collège où je pratiquais sans être trop dérangé. Du moins, jusqu'à ce jour de novembre, où l'on m'y a surpris.

L'hiver avait recouvert la ville industrielle d'un épais manteau de neige, il faisait un « froid de canard », comme disait mon père. J'avais séché le cours d'histoire préférant me planquer sur le trône en jouant *La mer* à vive allure. Dans ces moments-là, le temps perdait sa consistance habituelle. Mes doigts oubliaient leur maladresse et plus rien d'autre n'existait que cette mélodie. Sauf ce matin-là, où j'entendis une voix féminine se poser sur ma version instrumentale. Le grain clair, la tessiture épaisse tirant vers les graves, l'élocution précise :

Somewhere beyond the sea, somewhere
Waiting for me
My lover stands on golden sands
And watches the ships that go sailing

S'arrêter de jouer, suspendu à ce timbre si particulier.

En poussant la porte, je découvris une jeune femme de quatorze ans, dans un halo de lumière blanche, magnifié par un néon, reflété par la neige. Elle fumait une cigarette. Elle était vêtue d'une jupe en laine et d'un serre-tête qui canalisait une chevelure volumineuse. Pas de doute, elle était riche et catholique et nous n'avions rien en commun. Mais je reconnus la fille de mon rêve ! Je sentis une immense secousse. Un son pur accompagnait cette apparition. Le même que dans mon rêve. Un son diaphane et plein à la fois.

– C'est la version de Stevie Wonder, tu connais ? me demanda-t-elle, sans sourciller.

Je fis non de la tête, avec honte. Elle me fixait droit dans les yeux, comme une bête en renifle une autre avant de savoir si elle va l'aimer ou la dévorer. Elle avait de grands yeux gris, qui plissaient sous la perplexité. Un visage félin. Des allures d'adulte dans un corps d'adolescente.

J'allais m'excuser d'avoir fait trop de bruit, mais elle brisa le silence d'un air accusateur et malicieux à la fois :

– Tu n'es pas en cours ? Tu fais quoi dans les toilettes des filles, tu mates ?

Je ne savais pas quoi répondre à cette question, nous étions dans les toilettes pour garçons !

– Tu veux voir mes seins, c'est ça ?

– Non !

– Alors pourquoi tu bandes ? enchaîna-t-elle avec un sourire et en désignant mon sexe à travers mon pantalon.

Je rougis de honte. Elle me tendit la main.

– Violaine.

– Élias, répondis-je à moitié tordu pour cacher avec ma cuisse ce que je ne parvenais plus à camoufler avec mes doigts.

– Enchantée.

La jeune fille s'éclipsa dans un sourire, fière de son effet.

– Mais si. La présence, le son, c'était elle !

L'après-midi même, je partageai la rencontre avec Julien et Benoît. Nous nous étions retrouvés sur la place de l'église, mes amis siégeaient sur un banc tandis que je tentais de les convaincre.

– Impossible, répétait Benoît.

– Je t'assure !

– Comment peux-tu rêver de quelqu'un que tu ne connais pas !

Ils me prirent pour un fou. Mais plus je leur décrivais la scène, plus elle me revenait avec précision et plus j'étais sûr de moi. Julien, qui n'avait pas l'air ravi par la rencontre que je venais de faire, militait surtout pour que j'arrête de sécher les cours :

– Qu'est-ce que tu feras quand on t'aura viré du bahut, de l'harmonica ? répétait-il avec outrance.

– Oh les gars, puisque je vous dis que c'est la fille de mon rêve !

– … dans les toilettes pour garçons d'un collège… pour garçons !

Julien et Benoît éclatèrent d'un rire moqueur.

Je voyais pourtant que mon récit les intriguait. Benoît prit un ton didactique pour m'exposer une théorie à laquelle j'ai beaucoup repensé depuis. Parfois, certaines personnes nous paraissent si familières qu'on imagine les connaître depuis toujours. On se raconte ainsi qu'elles nous sont prédestinées. Bien souvent, leur incursion dans nos vies n'est qu'un leurre :

– Tu penses la connaître, mais ce n'est pas le cas. Tu l'as inventée.

Je me sentis accablé. Benoît me tournait la tête avec sa théorie quand Julien en rajouta une couche.

– Tu as son nom de famille au moins ? Tu sais où elle habite ? Tu sais ce qu'elle faisait là ?

Évidemment, je n'en savais rien. Bientôt, ils ne crurent plus un mot de mon histoire. Julien tenta de changer de sujet, l'envie n'y était plus et chacun décida de rentrer chez soi, malheureux qu'un si bel après-midi fût gâché par une brouille si bête. Après tout, peut-être avaient-ils raison ? Violaine n'existait pas du tout.

Cette nuit-là, allongé sur mon lit étroit, j'écoutais les bruits familiers de la maison. Les ronflements, les grincements, les tic-tac. Je fixais les ombres que les réverbères de la rue projetaient sur le papier peint défraîchi. Le visage de Violaine dansait. Son sourire, sa coiffure, tout se confondait dans mon esprit fiévreux. Les mots de Benoît tournaient en boucle : « Tu l'as inventée. »

Pourtant, dans cette petite chambre où même mes rêves semblaient à l'étroit, j'espérais que ce n'était pas qu'une fabrication de mon esprit. Pourvu qu'elle soit réelle, aussi réelle que l'harmonica posé sur ma table de chevet.

Je finis par m'endormir quand l'aube commença à pointer, bercé par Violaine dont l'étonnante chanson résonnait encore dans ma tête.

Le dimanche suivant, je défaisais le cadenas de mon vélo sur la Grand-Place. Les cloches sonnèrent et l'église libéra une centaine de fidèles distingués. Au milieu de cette foule, une silhouette familière attira mon regard : était-ce Violaine, avec son serre-tête et sa jupe plissée ? Mon cœur s'emballa. Était-ce vraiment elle ou seulement le fruit de mon imagination ? Une montée d'adrénaline me traversa. Je devais en avoir le cœur net. Cette fois, on ne m'y reprendrait plus. Je documenterais chaque détail avec précision pour convaincre Julien et Benoît, le cas échéant. Hors de question de la laisser m'échapper.

Un pied sur la pédale, la jambe projetée au-dessus du cadre métallique. M'approcher avec précaution pour ne pas être repéré… Celle qui devait être Violaine, discutait avec deux autres jeunes femmes à la coiffure impeccable – ses sœurs ? Devant elles, deux adultes – sans doute les parents – dans des costumes assortis. Une excitation montait en moi, une lueur d'espoir, une flamme. La silhouette bougea, se détourna. Un jeu du chat et de la souris. Puis bientôt, le visage : c'était bien elle. La Peugeot familiale l'attendait. Elle entra dans la voiture, qui démarra. Je la poursuivis à vélo.

La course-poursuite devint un défi. Je zigzaguais entre les voitures, aux aguets. Un tramway manqua de m'écraser. Mes jambes tremblaient, mon souffle s'accélérait. La voiture tourna. Un portail. Une maison cossue. Un jardin fleuri.

Je m'immobilisai sur un banc face à la propriété. Le jour déclinait. Des ombres se mouvaient derrière les rideaux quand soudain, la fenêtre de sa chambre s'ouvrit. Un nuage de cigarette, puis la musique. Trois notes de flûte, aiguës, répétitives. Brutalement, une quatrième note s'immisça, plus grave, en décalage. Agacé le temps d'une mesure, surpris la suivante, ému la troisième : je me laissai bercer par le ronronnement sériel et par les étranges déviations aux sonorités mécaniques. Puis plus rien. Le silence.

Mais moi, j'en voulais encore ! Je ramassai un petit caillou pour le lancer jusqu'au premier étage. Un bras catapulte, une amorce de geste, un mouvement de poignet… qui s'immobilisa à l'instant où elle apparut, seins nus devant la fenêtre, à moitié cachée par les rideaux. Mon dos glissa contre le mur, bouche bée. Je bandais.

– Ah ouais, elle a oublié d'être moche ! me déclara Benoît le dimanche suivant, alors que je les avais embarqués pour leur prouver son existence.

– Et elle t'a montré ses seins, tu dis ? poursuivit-il, les yeux plissés vers la fenêtre, comme si ça lui permettait de mieux voir.

– Orange, pamplemousse, pomme ? Mime avec tes doigts !

J'essayais de lui donner une forme approximative avec mes mains, mais ce manège agaça très vite Julien qui grommela :

– Hé oh ce n'est pas un objet, c'est une fille !

Ayant pris son agacement pour un manque d'attention, je me rapprochai de lui jusqu'à sentir son épaule contre la mienne :

– Regarde comme elle est belle ! lui chuchotai-je, dans l'espoir de le convaincre, au moment où elle apparut à la fenêtre.

Julien resta silencieux un instant. Son regard s'attarda sur moi avec une douceur particulière.

La famille déboula d'un coup. Robes impeccables, chapeaux immaculés, un défilé d'une élégance rare. Benoît, doigt sur les lèvres, nous intima le silence. La Peugeot attendait, prête à ramasser sa précieuse cargaison. Direction la messe du dimanche.

Benoît nous jeta un regard opportuniste, en désignant une fenêtre laissée ouverte au rez-de-chaussée. Julien se crispa :

– Non, ce n'est pas une bonne idée !

Mais Benoît chassait chaque détail du coin de l'œil. Son attention était fixée sur la voiture, guettant le moment précis où elle sortirait de la propriété.

À l'intérieur, le long couloir paraissait plus imposant que dans mon imagination. Les lames du parquet diffusaient leur odeur de cire. Des portraits peints de militaires nous dévisageaient, mes chaussures salissaient le sol et l'angoisse me nouait le ventre. Benoît toujours en leader, Julien sur le qui-vive. Pousser la porte du bureau au hasard. Sur un grand meuble en acajou, de grands livres de comptes. Benoît fit un sourire carnassier :

– Ça pue la famille de banquiers tout ça…

Il s'enfonça dans le siège du patriarche, posa ses pieds sur le bureau. Julien le supplia de ranger l'ouvrage et le fusilla du regard.

Une affiche attira mon attention. Un musicien, les mains sur son clavier en plein concert. Rachmaninov – d'après ce qui était écrit –, sobre et impérieux. Intrigué, je décidai de poursuivre mon exploration. J'ignorais à cet instant précis qu'à l'extérieur, la voiture familiale venait de s'arrêter au bout de l'allée.

Violaine en descendit et, sous l'incitation paternelle, remonta vers la maison en courant comme si elle avait oublié quelque chose.

À l'autre bout du couloir, une porte sur laquelle était collé un écriteau en bois peint au nom de Violaine. Dans la chambre, des murs rose pâle, une moquette bleue, un crucifix fixé au-dessus du lit. Sur une commode, une platine vinyle. À côté, une grosse malle dans laquelle je découvris plusieurs dizaines de disques ; Stevie Wonder côtoyait des compositeurs qui m'étaient parfaitement inconnus : Boulez, Messiaen, Glass, Richter… Abruti par la somme des références, je m'installai sur le lit, fasciné par la trouvaille.

Les garçons retrouvèrent ma trace. Benoît s'assit à côté de Julien qui, après avoir tenté de nous mettre en garde, s'était résolu à fouiller avec moi pour voir de quoi la malle au trésor était constituée.

Soudain, un cri brisa le silence :
– Il y a quelqu'un ?

La ruelle nous engloutissait loin des regards. Nous avions déguerpi de chez Violaine à toute vitesse. Julien fulminait. Il répétait « Vous faites chier, putain ! » il crachait sa trouille, ses poumons et des « Je vous avais prévenus » en pagaille. Benoît, hilare et sans remords, gloussait. Son rire sonnait comme une provocation. Quant à moi, j'extirpai un disque de ma veste, l'air ravi. Sur la pochette, un titre : *Piece in the Shape of a Square*. Un nom : Philip Glass. Et trois flûtes dessinées en noir et blanc.

– Voleur en plus ! s'exclama Julien, ulcéré.

– Il faut que je la revoie, affirmai-je avec conviction.

– Pas question, trancha Julien.

– On a qu'à organiser une fête ! répondit Benoît. C'est sympa les fêtes, ça donne l'occasion de parler…

– Où ? demandai-je, inquiet à l'idée de l'accueillir dans ma triste maison.

– Chez moi, pourquoi pas !

La proposition de Benoît me sembla d'abord généreuse, mais très vite un doute m'envahit. Sa demeure aux baies vitrées démesurées, aux escaliers qui ne menaient nulle part et aux meubles de designers inconnus, pourrait dérouter Violaine. Je ne voulais prendre aucun risque. Non, l'endroit idéal, pour la séduire, c'était chez Julien. Leurs maisons se ressemblaient, les crucifix et les parents aussi. Benoît comprit ma tentative en un clin d'œil, il ne se vexa pas et m'aida à appuyer ma demande.

– Pas question, rétorqua Julien, qui débusqua notre manège.

Nous avons persisté, yeux de chat à l'appui. Julien nous accusa de perdre la boule et me prit pour cible avec un air répugné :

– Regarde-toi, depuis que tu l'as rencontrée…

Benoît s'approcha de Julien et le taquina « Ah, mais tu es jaloux en fait ! »

– Pas du tout. Moi aussi je la trouve très belle, se défendit-il.

Je l'asticotai, Julien tenta de se défendre, puis rit en jurant qu'il ne nous prêterait jamais sa maison.

Non seulement Julien céda, mais il m'aida à rédiger la lettre d'invitation – elle ne devait revêtir aucune maladresse et je ne voulais pas passer pour un plouc. Comment ne pas dire à quelqu'un qu'on aime, qu'on l'aime ? Comment lui faire comprendre que si elle voulait, on pourrait s'aimer pour la vie ? Penché sur mon épaule, Julien corrigeait chacun de mes mots. Finalement, après des heures de discussions, Julien et Benoît m'ont convaincu de laisser mes sentiments de côté et nous avons recentré nos efforts sur l'objectif de la fête. Peu de mots, des informations pratiques, un vocabulaire simple, une formule de politesse. Rien de trop, comme si sa langue était la mienne et que nous venions du même monde.

À l'heure où il fallut déposer la lettre dans la boîte, je fus saisi d'un doute. Au cas où Violaine répondrait positivement, étions-nous bien d'accord qu'ils me laisseraient l'avantage ? Benoît ne prit pas la peine de répondre tant c'était évident. Julien soupira :

– J'ai vraiment tout gagné dans cette histoire. J'invite une fille chez moi pour que mon pote l'embrasse !

Dans sa voix, quelque chose vibrait qui n'était pas que de l'ironie. Je m'approchai de lui, troublé par cette note que je n'arrivais pas à déchiffrer. Après l'éclat d'un rire ou deux, je lui fis une accolade. Julien resta figé un instant. Je retins mon souffle et la lettre disparut dans l'abîme de la boîte aux lettres.

Nous attendions une réponse qui ne vint jamais. Pire, Violaine semblait avoir disparu. Nous ne l'avions pas vue sortir de chez elle depuis trois jours. Et dans mon orgueil, j'imaginais que c'était ma lettre qui l'avait fait fuir.

Entre-temps, elle était devenue toute ma vie. Jusqu'alors indifférent et médiocre à l'école, je me mis à travailler, imaginant que ça lui plairait de sortir avec un intello. J'écoutais les morceaux bizarres qu'elle écoutait, comme celui aux trois flûtes que je lui avais dérobé et que je tentais de reproduire, chez moi, puis devant chez elle, à la manière d'un charmeur de serpents et avec l'espoir qu'elle survienne à nouveau. La nuit, dans mon lit, je revoyais l'éclair de sa peau pâle, la courbe de ses seins. En fermant les yeux, il n'y avait qu'elle et la musique.

Une semaine plus tard, toujours rien.

L'excès de tension muta très vite en une absence d'énergie, de volonté, puis de désir. Le découragement se mêla à la frustration qui céda la place à l'autoflagellation. J'étais nul, je ne la méritais pas, j'étais inculte et pauvre. Je délaissai donc mes amis et choisis de passer les jours qui suivirent chez moi, recroquevillé dans mon lit, en attendant un autre baiser qui ne viendrait pas : celui de ma mère cette fois. L'école ne m'intéressait déjà plus. Le piano toujours un peu. Entre deux sessions d'ennuis, j'écoutais Glass et les flûtes en boucle jusqu'à la nausée.

Après dix jours d'enfermement, je sortis hurler mon désespoir. Je m'époumonai à rejouer les notes de Glass à l'harmonica, me défoulai remontant l'allée de chez Violaine, me postant bientôt devant chez elle à pratiquer toujours plus fort. À bout de souffle, décider d'abandonner.

Quand tout à coup, alors que je m'apprêtai à rebrousser chemin, la fenêtre s'ouvrit. Violaine passa une tête.

– Tu ne te décourages jamais en fait.

Elle donnait enfin signe de vie !

– Il faut que tu arrêtes de traîner devant chez moi. Et de m'écrire aussi !

– Désolé, dis-je d'un ton penaud, tout enflammé que j'étais à l'intérieur.

– Pourquoi tu t'excuses ! Tu te débrouilles bien pour un autodidacte. Et tu progresses de jour en jour, ajouta-t-elle avec un sourire. Tu n'étais pas obligé de me voler un disque pour autant, mais…

Je mis la main devant ma bouche. Violaine ferma la fenêtre et débarqua quelques secondes plus tard dans le jardin, avant de continuer à voix basse, comme si de rien n'était.

– Tu vois, ce que j'aime chez Glass, c'est qu'il invente sa musique sans craindre le regard des autres.

Je buvais ses paroles en hochant la tête, priant qu'elle continue.

– C'est John Cage qui a lancé ça. C'est un peu leur grand frère, ils le citent dès qu'ils peuvent. Tu connais son œuvre principale ?

– Non.

– Il a invité des gens pour un concert et leur a fait écouter quatre minutes trente-trois de silence. Rien d'autre.

Elle éclata de rire, moi aussi. Je voulus enchaîner avec une anecdote plus érudite encore mais mon ignorance et ma timidité me laissaient sans voix.

– Après tout, pourquoi pas, ajouta-t-elle en me fixant. Le silence est aussi un son.

Un frisson me traversa. Elle écrasa sa cigarette contre le mur :

– Pour ta fête, je vais réfléchir.

À son ton, je compris qu'elle serait là.

Deux jours plus tard, une angoisse intenable en préparant les festivités. Je faisais face à Julien dans sa chambre, empoté, sous le regard exigent de Benoît qui tentait de m'apprendre le slow.

– Ce n'est pas compliqué mon vieux ! m'exhortait-il. Lorsque la chanson dépasse le premier refrain, tu places une main sur son dos.

Benoît prit ma main et la posa sur les hanches d'un Julien de plus en plus tendu.

– Si elle soutient le regard, continua-t-il, tu avances ton visage et tu l'embrasses.

Benoît me poussait la nuque pour me rapprocher des lèvres de Julien, dont le malaise grandissait à chaque centimètre franchi. Son souffle s'accélérait contre ma bouche, ses yeux fuyaient les miens puis y revenaient avec une intensité saisissante.

– Attention, il ne faut pas la laisser filer ! me prévint-il. C'est une fille classe, Violaine. C'est à toi de faire le premier pas. Tu dois l'inviter à danser !

Mon crâne fumait. Les conseils de Benoît me paraissaient une montagne à gravir. Heureusement, Julien me prêta son plus beau costume et noua ma cravate. Je contemplais l'étoffe, la texture de la laine, paniquant un instant en apercevant deux trous au bout des manches de la chemise, avant que Julien n'y fixe les boutons de manchettes. Ses doigts s'attardèrent ensuite sur mes épaules, époussetant le tissu avec une attention particulière. Puis il m'incita à regarder mon reflet dans le miroir. Personne n'avait jamais fait ça pour moi.

– Tu ne voulais pas le mettre, ce costume ? lui demandai-je, gêné qu'il se dévoue à ce point.

– Il te va mieux qu'à moi, me répondit-il avec un mélange de fierté et de tendresse.

Même bien habillé, je me trouvais laid. Et j'avais la tête prise par une question qui me taraudait depuis l'entrevue avec Violaine. Bien se débrouiller pour un autodidacte, était-ce un compliment ou une critique ? Je repensais à sa malle à disques dans laquelle j'avais plongé avec fascination. Violaine était née avec ça ! Moi pas.

Les nuits suivantes, finir par me persuader que cette réflexion n'était qu'un mépris déguisé en compliment. Comment Violaine dont le père avait une affiche d'un grand musicien dans son bureau pouvait être intéressée par un fils d'ouvrier ? J'avais assez traîné dans l'usine paternelle pour savoir que les portraits qu'on accroche aux murs racontent qui on est, et ce Rachmaninov, avec son air sévère, me renvoyait brutalement à ma condition.

Chez Julien, deux clans. D'un côté les garçons, de l'autre les filles. Des guirlandes lumineuses, des légumes coupés en lamelles, des quiches, des jus que Benoît s'amusait à mélanger discrètement avec de l'alcool. Il était hilare. J'étais incapable de me concentrer, passant de l'excitation au désœuvrement en un clin d'œil. Et si finalement, elle ne venait pas ? Et si elle avait laissé entendre qu'elle serait là mais qu'elle n'en avait jamais eu l'intention ? Soudain, le flot de questions se tarit. Je contemplais ce salon que je connaissais par cœur, mais qui, ce soir-là, me semblait étranger. Les tableaux aux murs, la moquette épaisse, le lustre en cristal – tout ce décor qui n'était pas le mien et que j'allais m'approprier ! La honte me serra la gorge... Ces pensées s'évaporèrent lorsque Violaine débarqua bien à l'heure, dans une détonnante robe longue et sans manches.

Elle ne joua d'aucun suspense et vint tout de suite me trouver :

– C'est beau chez toi. J'imaginais pas du tout ça comme ça… me dit-elle en balayant l'élégant salon d'un geste.

– Ouais, tu as vu, c'est beau hein ! répondit Benoît à ma place, espiègle, prolongeant la confusion.

Balbutier quelques syllabes pour la contredire ne suffit pas à la dissuader du faux-semblant. Violaine enchaîna.

– Il est modeste en plus.

Je me tournai vers Benoît, pris de panique. Puis Violaine fila saluer les autres.

– Tu n'es pas dans la merde ! ajouta-t-il en l'observant s'éloigner.

Je lui promis de la détromper le plus rapidement possible.

Une heure plus tard, la fête battait son plein et je n'avais toujours pas dit à Violaine que nous étions chez Julien et non chez moi. Elle était sublime. Sa robe sans manches révélait l'élégance de ses bras, ses cheveux semblaient animés d'une vie propre, et son rire, même à distance, me parvenait comme une mélodie familière. Tout le monde semblait l'écouter avec attention. Elle rayonnait, centre de gravité de toute la pièce, tandis que je restais figé, pétrifié par la certitude grandissante que cette soirée dessinait déjà les contours de mon existence future. Encadré par mes deux amis, je lui tournai le dos. Ils faisaient face à la piste, et donc à Violaine, je les interrogeais :

– Elle me regarde ou pas ?

Julien et Benoît guettèrent ses réactions.

– Ne la fixez pas en même temps, on dirait deux bergers allemands !

Puis, ce que je redoutais arriva, Benoît leva le doigt. Le premier slow retentit.

– Ce n'est pas vraiment un slow, c'est beaucoup trop rapide, rechignai-je avec panique.

– Si, affirma-t-il d'un ton définitif.

Je cherchai le soutien de Julien mais il tourna les talons avec un regard douloureux. Les premiers couples se mirent en place. Benoît m'incita une nouvelle fois, me poussant dans le dos. Je pris alors mon courage à deux mains et me présentai devant Violaine, qui accepta mon invitation.

Nous nous sommes retrouvés crispés, à danser en rythme sur une musique sucrée. Ne pas penser. Oublier ses mains posées sur mes hanches, ses bras nus et la forme fleurie de son oreille. Tout était bon pour ne pas perdre mes moyens : plisser les yeux vers le buffet et convoquer les événements les plus tristes ou sordides. Se sentir si petit et la voir s'allonger toujours plus haut vers les cimes. Une grande respiration pour rétablir l'équilibre. Une expression claire, précise et…

– On n'est pas vraiment chez moi ici, Violaine.

– Parle plus fort, je n'entends rien avec la musique.

Malgré tous mes efforts pour hisser ma voix à sa hauteur, aucun son perceptible ne sortit de ma bouche. Benoît s'agitait en coulisse et me pressait maintenant de poser une main sur son dos – ce que je fis.

À ma grande surprise, Violaine sourit avec générosité et se colla à moi. Tous les obstacles avaient été franchis ou presque. Je n'avais qu'à approcher mes lèvres pour que mon vœu le plus cher se réalise. Mais elle me susurra un « Mon musicien » à l'oreille et tout vola en éclat. Une panique m'étouffa. Mon front ruissela et bientôt ma chemise s'imbiba de sueur.

– Ça va, Élias ? Tu es très pâle !

Je restai paralysé par la trouille quelques secondes, avant de m'enfuir sans rien lui répondre, laissant Violaine en plan au milieu de la piste.

Je cherchai de l'aide en traversant le salon à toute vitesse. Et comme Benoît promettait monts et merveilles à une fille dans un coin, je retrouvai Julien dans le jardin pour lui déballer mon sac :

– J'ai paniqué. J'ai menti. Je n'ai pas pu. De toute façon, elle n'est pas pour moi. Et puis je la ferai fuir, donc ça ne vaut pas la peine.

– Qu'est-ce que tu racontes, Élias ?

– Vas-y toi. Vous êtes du même monde, après tout !

Julien ne semblait pas bien comprendre.

– Tu la trouves jolie ! C'est ce que tu as dit l'autre fois. Et puis, tu as raison. On est chez toi, c'est à toi d'essayer en premier. Tu lui diras que c'est ta maison, promis ?

Julien paraissait déboussolé.

– Va discuter avec elle au moins ! insistai-je en le poussant vers le salon. Julien s'exécuta sans conviction.

Quelques minutes plus tard, je les aperçus discuter sur la piste à travers les baies vitrées. Je me souviens du regard déçu que me lança Violaine, avant d'embrasser Julien.

Ce soir-là, j'ai pris ma première cuite et Benoît m'a tenu les cheveux pendant que je dégueulais.

Rideau, fin de la première partie de ma vie.

Plus de cinquante ans plus tard, les dizaines de personnes autour du cercueil de Julien n'y changent rien. Sur le livret, un portrait qui ne lui ressemble pas : un homme en costume-cravate, un patriarche, les mains posées l'une sur l'autre, de trois quarts. À droite de l'autel, un vieux monsieur interprète un requiem de Mozart avec cette théâtralité prétentieuse que les musiciens médiocres confondent avec la sensibilité. Julien aurait détesté, je le déteste aussi. Pourquoi n'est-ce pas moi qui joue son requiem ?

Après la fête, nos chemins se sont séparés peu à peu. Les années ont passé. Roubaix se transformait sous nos yeux. Les métiers à tisser vrombissaient encore, mais leur mélodie sonnait déjà comme un adieu. Dans les bistrots, on parlait à voix basse du poids des mutations économiques, pressentant peut-être qu'un monde s'apprêtait à disparaître.

La vie commençait à prendre des teintes différentes pour chacun d'entre nous. Au lycée Jean-XXIII, Julien naviguait dans les eaux tranquilles du conformisme bourgeois, tandis que Benoît se faisait remarquer pour ses provocations et son refus de l'autorité. Moi, je me cachais dans la salle des fêtes, cherchant désespérément à retrouver cette sensation éprouvée dans mon rêve, puis lors de ma rencontre avec Violaine.

La musique prenait toute la place. Un jour, un professeur mélomane m'avait surpris improvisant sur le vieux piano de la salle des fêtes. Sans prévenir, il avait arrangé une audition au conservatoire de Lille.

Je n'avais jamais mis les pieds dans un endroit pareil. Dans ces longs couloirs aux murs épais, dans ces salles immenses, les sons semblaient avoir une vie différente. Les notes rebondissaient autrement ici, plus légères, plus puissantes. L'épreuve n'était pas facile, mais quand j'ai commencé à jouer, je sentis que la musique venait de plus loin que moi. De mes souvenirs d'enfance, de la mer chantée par Trenet, des usines de Roubaix et des silences que ma mère laissait flotter devant le piano fermé.

J'étais là et ailleurs à la fois. Et soudain, je compris que je pouvais exister autrement que dans l'étroitesse de mon quartier. Je fus reçu au conservatoire de Lille.

Le voyage quotidien jusqu'à Lille était plus qu'un trajet en tramway – c'était la traversée d'une frontière invisible, celle qui séparait le monde gris de Roubaix de celui, plus coloré et vivant, de la capitale des Flandres. Lille m'apparaissait comme un autre univers, avec ses façades haussmanniennes impeccables, ses places animées, ses cafés où l'on parlait politique et art.

Cette sensation s'accentuait au conservatoire. Les parents des élèves étaient médecins, avocats, professeurs. Ils parlaient de Bach comme d'un ami de famille, discutaient de Ravel comme si c'était leur voisin. C'est pendant cette période que Nora fit son apparition. Plus âgée que moi d'une dizaine d'années, elle enseignait le piano au conservatoire. La première fois que je l'ai vue, elle donnait un cours magistral sur la sonate de Liszt. Ses mains glissaient sur le clavier, déchaînant l'orage puis l'apaisant en quelques secondes. Pour elle, la musique était une langue universelle, sans préjugés ni frontières.

Nora avait des formes généreuses et un rire qui résonnait dans tout le couloir. Elle portait des robes amples aux couleurs vives qui dansaient autour d'elle quand elle marchait. Elle ne ressemblait en rien à Violaine, et c'est peut-être ce qui m'attirait chez elle. Nora avait remarqué ma détermination à devenir un musicien professionnel, mais aussi mes blocages. Un soir, alors que les couloirs du conservatoire se vidaient et que j'essayais encore et encore de maîtriser un passage particulièrement difficile, elle m'avait proposé des cours supplémentaires. Elle fut la première à voir en moi l'étoffe d'un candidat pour le Conservatoire de Paris, ce graal que je n'avais jamais osé envisager et qui, dans ses mots, devenait soudain possible.

Pendant que Mai 68 secouait la France, que les étudiants dressaient des barricades à Paris et que Benoît rejoignait les manifestations à Lille avec enthousiasme, je m'enfermais dans les salles de répétition. Le monde entier dans des notes et des silences.

Notre relation avec Nora bascula un soir de novembre 1969. La pluie qui s'abattait dehors donnait à la ville des airs de fin du monde. J'avais travaillé sur une sonate de Beethoven jusqu'à tard, frustré par mes maladresses. Elle était venue s'asseoir à côté de moi et avait posé ses mains sur les miennes. Un frisson parcourut tout mon corps.

Cette nuit-là, Nora m'emmena chez elle, un petit appartement au dernier étage d'un immeuble ancien, rempli de livres, de disques et de plantes. Elle me déshabilla avec une assurance qui me paralysait. Me poussa sur le lit et affirma ses désirs avec une douce autorité. Je jouis presque immédiatement, le corps traversé par une décharge électrique qui me laissa pantelant.

– Ce n'est pas grave, murmura-t-elle en caressant mon visage. On a le temps d'apprendre.

Cette relation clandestine devint ma routine. Entre deux séances de travail, Nora m'initiait aux subtilités du corps féminin, m'apprenait à écouter ses soupirs comme une musique, à traduire ses gestes en caresses et à comprendre le rythme de son plaisir.

Or, si mon corps trouvait satisfaction dans ces étreintes, mon cœur restait hanté par le souvenir de Violaine dont j'avais appris qu'elle étudiait les lettres classiques à côté du conservatoire.

Dès lors, j'imaginais Violaine partout où j'allais. Au lycée, au café, en soirée, à la plage, en rêve. Chaque rencontre me rappelait ce que je n'avais pas réussi à être pour elle. La voir, c'était rouvrir une blessure qui n'avait jamais vraiment cicatrisé. Et les rares fois où je ne parvins pas à l'éviter, mes jambes tremblaient, mon souffle se coupait, mon front ruisselait et mes yeux finissaient toujours par se fixer sur elle.

Quand le hasard nous mettait face à face, Violaine m'était hostile. Si j'ouvrais la bouche, elle détournait le regard, elle bâillait, elle se retenait de sourire lorsque j'étais drôle, elle n'entendait pas lorsque j'avais de l'esprit. Ma prophétie s'autoréalisait. Je ne méritais pas Violaine. Je ne lui arrivais pas à la cheville, éternellement coincé dans ma fuite, incapable de lui plaire, même en ami. Je me sentais déjà vieux, persuadé d'avoir raté le paradis de peu.

Au départ, j'étais convaincu que son histoire avec Julien ne durerait pas. Mais peu à peu, leurs sentiments avaient franchi tous les obstacles de l'adolescence : hormones en folie, variabilité des sentiments, asymétrie de la maturité affective. Pendant ce temps, le Viêtnam était à feu et à sang. Huit millions de grévistes avaient fait plier le général de Gaulle. Les Américains crapahutaient sur la Lune. Les Beatles régnaient sur la planète. En Afrique du Sud, un chirurgien avait réussi une greffe de cœur ! Le monde entier changeait, sauf eux.

Julien, engoncé dans son destin de futur chef d'entreprise, commençait ses études à l'école de commerce. Benoît quant à lui, embrassait pleinement l'esprit de 68, laissait pousser ses cheveux, participait à des sit-in, fumait des pétards. Entre les deux, je me sentais en suspens, ni vraiment prolétaire, ni vraiment bourgeois. Juste musicien.

Le concours du Conservatoire de Paris approchait et un morceau de Rachmaninov résistait toujours à mes efforts. Je butais systématiquement au même endroit : croche, croche, noire, blan-cheu pointée. Je butais et j'abandonnais.

– Pourquoi tu te braques ? demandait Nora.

– C'était nul.

– Je t'assure, tu progresses !

– Non, protestai-je.

– Tu as vu d'où tu pars ? Tu ne savais pas lire le solfège à quinze ans ! Forcément, c'est frustrant parce que ça te demande plus de travail que les autres, mais c'est ta force aussi, ça te rend plus créatif !

J'aimais l'entendre dire cela, même si je prétendais l'inverse. Contrairement à Violaine, Nora ne m'intimidait pas. Elle représentait une réussite possible, un modèle accessible.

– Tu es doué, Élias. Si tu continues comme ça, tu l'auras ce Conservatoire de Paris, je le sais. Et tu deviendras musicien.

À force de compliments, Nora m'extirpait un sourire, elle m'embrassait et nous faisions l'amour dans le cagibi du deuxième étage. Ces moments me plaisaient sans me combler vraiment. Je m'y abandonnais plus par habitude que par passion. Pourtant, je devais ma transformation à Nora.

Un matin de juin 1971, des klaxons en série, un boucan du diable : la journée allait se transformer en cauchemar. Je n'avais pas revu mes amis depuis presque un an.

Julien et Benoît, assis dans une décapotable, m'attendaient devant le conservatoire de Lille. Nous avions vingt et un ans et nos chemins s'étaient tellement écartés que nous ne ressemblions plus aux collégiens que nous avions été. Julien, chemise impeccable et mallette en cuir marron, avait l'allure d'un dirigeant. Benoît, lui, pantalons pattes d'eph et cheveux emmêlés, revenait d'une communauté autogérée du Sud de la France, où il avait passé six mois. Il n'étudiait pas, repoussant sans cesse les frontières de la liberté, comme pour en tester les limites.

– Tu te faisais dépuceler ou quoi ? Ça fait des heures qu'on t'attend ! râlait joyeusement Benoît lorsqu'il m'aperçut enfin.

– Si seulement tu t'étais coupé les cheveux en m'attendant.

La décapotable démarra et la taquinerie reprit comme si nous nous étions quittés la veille. Elle tourna à l'avantage de Benoît, qui s'attaqua à mon teint livide et au look BCBG de Julien.

Le soleil dispersait ses rayons paisiblement. Aucun nuage à l'horizon, juste un silence amical rythmé par le bruissement des brasses. Nous nagions nus dans le canal de Roubaix, affaires et pique-nique déposés sur la berge. Un moment suspendu, semblable à ceux que nous passions chez Benoît adolescents.

Julien choisit ce moment pour nous annoncer, l'air de rien, une nouvelle de taille :

– Je suis nul pour ces choses-là… mais je voulais que vous le sachiez en premier.

– Tu vas te marier ? répliqua Benoît, hilare, ne croyant pas si bien dire.

– Oui.

Benoît parut soudain soufflé. Et moi, qui m'attendais à tout sauf à ça, je crus me noyer. Si bien qu'aucun d'entre nous ne parvint à réagir comme l'usage l'exigeait.

– Réjouissez-vous les gars ! ironisa Julien, déclenchant les rires de Benoît.

– Félicitations mais… pourquoi maintenant ?

– Ça fait sept ans qu'on est ensemble. Les parents ont raison, il est temps.

– Tu as fait l'amour avec elle ?

– On n'est pas vraiment pressés.

– Tu n'as pas couché avec elle ! s'étouffa Benoît. Tu n'en as pas envie ?

– Si, bien sûr ! Mais ce n'est pas très catholique tout ça, rétorqua Julien avec humour.

Tandis que je retrouvai mon souffle, Benoît expliqua pourquoi il ne comprenait pas qu'on limite sa vie sentimentale à une seule personne. Selon lui, le couple s'apparentait trop souvent à demander à l'autre ce qu'on ne devrait jamais donner, sa part irréductible, son moi profond. Il raconta comment, dans sa communauté, les frontières entre amitié, amour et sexualité s'étaient dissoutes.

Benoît marqua une pause, sentant que sa tirade pouvait froisser Julien.

– Enfin, si tu penses que le mariage te rendra heureux... fonce mon bichon !

Julien lâcha un sourire et les garçons sortirent de l'eau tandis que je vidais les bières, recroquevillé sur la pelouse.

– Et toi Élias, tu en es où avec ta copine du conservatoire ? me demanda Benoît.

– Nulle part, leur répondis-je en me voûtant davantage.

Julien remarqua mon trouble et pâlit.

– Tu comprends Élias, fonder une famille, c'est créer quelque chose de solide. Regarde autour de nous : tout change, tout s'effondre. Les usines commencent à fermer, la société se transforme. Une famille, c'est un socle, un rempart.

Julien prit une grande respiration avant de poursuivre :

– Pour moi, le mariage n'est pas seulement fait d'amour, mais de consentement. Ce consentement, on le donne une fois pour toutes, devant Dieu. Si je me marie avec Violaine, ce sera pour toujours.

À l'issue du déjeuner, Julien avait profité de la sieste de Benoît pour s'ouvrir à moi avec tendresse. Il semblait chercher une approbation que je ne pouvais lui donner. Une lueur d'espoir m'avait traversé. Un espoir dévorant, insensé. Pourquoi se justifiait-il, le jour de l'annonce de son mariage ? Aussi fou que cela puisse paraître, je me pris à rêver d'une existence heureuse avec Violaine. Les mots se bousculaient dans ma gorge, prêts à exploser.

Mais la lueur s'évanouit aussitôt avec l'arrivée de Violaine, qui déboula à vélo dans une étonnante robe d'été aux reflets bleu bizarre.

– Salut la compagnie ! lança-t-elle joyeusement à l'assemblée, tout en étreignant Julien.

Ce jour-là, à ma grande surprise, après avoir embrassé Julien, elle me jeta un regard compatissant et tendre. Un regard de pitié qui me tua sur place. Violaine ôta sa robe bleu électrique et se jeta en maillot dans le canal.

– Tu ne restes pas ? me demanda Julien.

Une migraine m'avait subitement vrillé les tempes, je filai.

Violaine était un sujet que nous n'abordions jamais entre amis. Seule la musique était garante de mon secret. Elle le nourrissait, elle s'en nourrissait, elle le retenait prisonnier. Après les émotions de l'après-midi, sa robe bleue tournait en boucle sur mon clavier. Chaque note un battement, chaque accord un souffle. Elle me réconfortait. Elle remplissait l'espace des peurs, des cris, des pleurs. À mesure que les accords se succédaient, des paysages inédits s'imposaient en moi. Une mélodie composée d'étranges chemins, de torrents, de chimères. Des itinéraires que j'arpentais à l'oreille, tout en les fixant sur du papier à musique, pour me laisser la possibilité de les réemprunter à l'avenir, en cas de jours tristes.

Bleu bizarre. J'inscrivis ce nom sur la page de couverture à la fin de la séance, avant que la culpabilité ne me saisisse le ventre. La nuit avait filé, le concours du Conservatoire de Paris approchait et je n'étais pas prêt.

Le morceau de Rachmaninov, aussi compliqué soit-il, ne fut pas si difficile à jouer. Devant moi, dix musiciens contemporains, un jury formé de personnalités reconnues, que j'admirais. Ils étaient tous confortablement assis, repus sans doute, alcoolisés peut-être pour certains, au moins depuis la pause-déjeuner. Il n'y avait que des hommes dont la majorité ne ressemblait plus à leurs portraits qui circulaient dans les journaux. L'âge et les excès liés à la réussite avaient déformé leur visage. Une expression, parfois, redonnait vie à l'ensemble des traits d'autrefois. Un miracle de passage, le souvenir d'un monde enseveli.

Une fois ma timidité mise de côté, je fis tout pour donner à entendre un Rachmaninov si ce n'est virtuose, au moins techniquement remarquable. Je me concentrais, rapide ou mesuré, déterminé à aller jusqu'au bout sans buter ni ralentir. Une fois achevée, j'étais fier de ma prestation. J'avais donné le meilleur de moi-même. Je n'espérais pas un triomphe – ce n’était pas le lieu. Mais j’attendais des encouragements. Peut-être même des félicitations. Rien ne vint. À part un remerciement poli.

En quittant la salle d’examen, j’entendis le candidat suivant. C’était fluide, rare, précis, émouvant. Il avait de l’allure, un nom à particule. Mon corps sembla peser une tonne. Ce que j’avais pris pour un succès n’était qu’un échec.

Le costume de mariage attendait, posé sur le rebord du fauteuil de la chambre de Julien, à Roubaix. Le futur marié astiquait les boutons de manchettes en argent. Je cirais les chaussures tandis que Benoît, allongé sur le lit, tentait, un peu fanfaron, de détendre l'atmosphère en prodiguant des conseils à Julien pour sa nuit de noces :

– C'est simple, il y a trois étapes. Si tu les suis dans le bon ordre, c'est le gros lot !

Benoît mit Julien en garde contre la tentation d'une pénétration rapide et brutale. Il fallait, disait-il, penser au plaisir de l'autre avant le sien. Julien était de plus en plus tourmenté. J'étouffais.

– Je descends fumer une cigarette.

– Si ça ne t'intéresse pas de faire plaisir aux femmes, il faut le dire, Élias ! ironisa Benoît.

En sortant de la maison, je pris une grande respiration. À quelques rues de là, Violaine devait, elle aussi, passer cette dernière nuit sous le toit familial. C'était plié et la nuit s'annonçait mal. J'étais persuadé que le sommeil ne viendrait pas – mon cœur battait déjà trop vite. J'avais vu juste : quelques heures plus tard, impossible de fermer l'œil.

Vers deux heures du matin, je me retrouvais de nouveau dans le salon, à me demander que faire. Quitte à ne pas dormir, prendre alors la décision d'aller faire un tour. Repasser, l'âme en peine, devant les lieux importants de mon enfance, la maison de Benoît, la maison de mes parents, le collège ; j'évitais la maison de Violaine. Une dernière escale dans le jardin pour finir la bière que j'avais emportée avec moi.

– Élias ? fit une voix tout droit sortie d'un buisson.

Se retourner et sursauter en découvrant Violaine, un peu ivre.

– Tu m'as fait peur ! lui dis-je, le souffle coupé.

Violaine éclata de rire.

– Qu'est-ce que tu fais là, tu es venue voir Julien ?

– Je n'arrive pas à dormir, répondit Violaine, sans bouger d'un pouce.

– J'ai chopé un joint à Benoît, tu veux ?

Violaine acquiesça. Puis elle et moi, assis sur un muret pour fumer. Une boule d'angoisse me comprimait la poitrine, mes doigts tremblaient légèrement en lui tendant le pétard.

– Tu as vu qu'il avait créé une nouvelle œuvre ? lui demandai-je, sans le nommer, comme si c'était évident.

– Philip Glass, bien sûr que je l'ai vu !

– C'est radical mais...

– Non c'est beau. *Music in Fifths* est un chef-d'œuvre, ces journalistes n'y comprennent rien.

On s'est souri, on s'est tu, on était bien tous les deux. Puis, Violaine lâcha un long soupir entre deux bouffées.

– C'est fou. Ce soir, je suis encore libre, mais demain…

Elle se redressa, le regard mélancolique.

– Je fais mon mémoire sur Simone de Beauvoir. Et malgré tout ce que j'ai lu, je fais exactement ce qu'on attend de moi !

Sa voix était devenue plus amère.

– Elles se battent pour notre libération, et moi ? Je me marie.

– Mais tu l'aimes, Julien, non ? demandai-je en guettant dans ses yeux la moindre hésitation.

– Oui ! Et je veux une famille, des enfants. Les études de lettres, c'était juste une parenthèse, j'imagine.

Un sourire ironique effleura ses lèvres.

– Pour moi, on ne devrait pas avoir besoin de Dieu pour aimer quelqu'un pour toujours, dis-je.

Un sourire de tendresse illumina le visage de Violaine. Le mien aussi par contagion, jusqu'à ce qu'un air sérieux recouvre ce bref moment de relâchement.

– Toi, tu es un idéaliste, c'est mignon et c'est naïf, poursuivit-elle avec tendresse. Mais tu es comme ça, Élias, tu doutes, tu t'empêches… Si on avait été ensemble, tu serais à la place de Julien ce soir. Et tu n'aurais pas raté le Conservatoire ! Tu fais tout le temps les mauvais choix.

Au-delà de la rudesse des propos, je ne comprenais pas où elle voulait en venir.

– Tu ne trouves pas que tu cultives un peu ta tragédie ?

– Non.

Elle posa la main sur ma joue. Son regard était foudroyant de désir. Puis, elle partit sans un mot.

Après son départ, sa caresse me brûlait encore. Que signifiait-elle ? Un aveu de tendresse, d'amour, de vengeance ? Une invitation à rompre ses noces ? Ou simplement une proposition ? Si elle avait posé sa main sur ma joue, c'est qu'elle m'aimait, forcément. Et qu'elle voulait me le dire avant qu'il ne soit trop tard.

En rentrant dans la maison, mon esprit vagabondait. Je nous imaginais, Violaine et moi, ensemble, heureux, comblés. Le doute s'infiltra dans mon esprit. Était-ce mal ? Non ! Julien s'en remettrait, j'en étais certain. Mon bel ami, celui que la vie gâtait toujours, trouverait une autre femme. Peut-être même quelqu'un qui lui conviendrait mieux que Violaine. Je lui rendrais service.

Pourtant, ma tête tourna. Je pensai au mal que je risquais de lui faire. Les cent pas dans le salon. Je tombai sur des photos d'elle et lui, de lui et moi, de nous trois. Je passai du vert au blanc, trouvai Violaine irrésistible et fus assailli par le doute à nouveau. Que voulait-elle vraiment ? Il fallait que j'éclaircisse cette affaire une fois pour toutes. Je n'avais plus quatorze ans. J'avais mûri. Je me sentais désormais le courage de provoquer une discussion franche et sincère. Je désirai surtout la saisir dans mes bras, l'embrasser. Et si elle m'aimait vraiment, c'était décidé. Je m'opposerai au mariage et nous commencerions enfin notre histoire. Violaine m'avait tendu une perche, je devais la saisir. Je décidai d'aller la rejoindre.

Comme à l'époque, j'escaladai le grillage, me faufilai dans le jardin, la boule au ventre, le cœur en toupie, jusqu'à me hisser à la fenêtre de Violaine. C'était mon temps, ma revanche sur l'amour et sur la vie.

Je fus stoppé net dans mon aventure. À travers la vitre, je découvris Benoît et Violaine, nus, l'un sur l'autre. Je restai pétrifié.

Violaine jeta un regard vers la fenêtre et m'aperçut. Elle ne fut pas étonnée. Je glissai de l'appui de fenêtre et m'écrasai sur le sol, détruit.

Après une nuit d'ivresse et d'errance, à l'aube, j'étais toujours introuvable. J'enchaînais les whiskies au bar qui venait de rouvrir, face à l'église. Je jouais fort sur le vieux piano, devant un serveur qui avait déjà tout tenté pour me calmer. Ce mariage me dégoûtait. Les promesses morales qu'on m'avait vendues prenaient la forme d'un arrangement social et hypocrite. Et surtout, cet épisode avait fait naître en moi une rage. Une aigreur. Un sentiment de trahison. Depuis la veille, je me répétais les paroles de Violaine à voix haute. « Si on avait été ensemble, tu serais à la place de Julien ce soir. » Pour qui se prenait-elle pour décider d'où j'en serais aujourd'hui ? Pourquoi m'humilier de la sorte ?

Benoît, inquiet de mon absence, me cherchait depuis la fin de son escapade chez Violaine. Il savait mon goût pour l'autosabotage et, ne m'ayant pas trouvé à son retour, me traquait depuis des heures.

Épuisé par la quête, il avait par hasard poussé la porte du bistrot. Et il était tombé sur moi :

– Arrête de boire et viens, regarde-toi !

– Je sais ce que tu as fait cette nuit, lui opposai-je fermement.

Nous nous sommes fixés droit dans les yeux. Benoît, surpris et coupable, poursuivit :

– Ce n'est pas la peine de le raconter à Julien. Je ne l'aime pas, elle ne m'aime pas…

– Alors pourquoi ? lui lançai-je, glacial.

– Le mariage, la fidélité, ce sont des constructions sociales.

– Arrête avec tes conneries !

Benoît alluma une cigarette et son regard devint plus vague.

– Violaine paniquait, je lui ai juste rendu service.

C'était donc ça ? Elle voulait coucher avec n'importe quel homme pour combler son angoisse ? Après quelques phrases échangées, Benoît avait tout compris :

– Je ne savais pas que tu étais encore amoureux d'elle.

– Je la hais.

– C'est trop tard maintenant, conclut-il avec calme et tendresse.

Je me rendis à l'église à contrecœur. Le malaise en enfilade jusqu'au premier rang. Julien et son visage tourmenté. Le curé de famille à moitié sénile et les rituels qu'il enchaînait tant bien que mal.

– Si nous sommes réunis aujourd'hui, c'est pour célébrer devant Dieu le mariage de Violaine et Julien.

Les mariés, élégants mais tendus, les familles aisées en robes et chapeaux. Julien prit la parole, la voix et le micro tremblants. Je fixai mes pieds pour m'épargner les images du désastre.

– Violaine, veux-tu être ma femme ?

– Oui, je veux être ta femme. Et toi Julien, veux-tu être mon mari ?

– Oui, je veux être ton mari.

Le cœur comprimé à en crever. Et le coup de grâce, leurs voix à l'unisson :

– Pour nous aimer fidèlement dans le bonheur et dans les épreuves et nous soutenir l'un l'autre, tout au long de notre vie.

Le prêtre réclama ensuite les alliances aux témoins. Un coup de coude de Benoît. Un sursaut. J'extirpai les anneaux de ses mains souillées. Je remis les alliances au curé et sentis les yeux de Violaine se poser sur moi. Hors de question de lui rendre son regard, plutôt me pendre. Un supplice sans fin. Entendre les mariés s'échanger leurs anneaux avec maladresse : l'alliance étant trop petite, Violaine dut forcer pour l'enfiler sur le doigt de Julien. L'assemblée éclata de rire. Moi pas, la métaphore était grossière.

– Vous voilà mariés devant Dieu, il ne vous reste plus qu'à vous embrasser !

Violaine et Julien exécutèrent. Tout le monde applaudit. Retourner à ma place, tête baissée, moral meurtri. Je sentis la main de Benoît autour de l'épaule et retins mes larmes.

Je n'ai pas beaucoup de souvenirs de la soirée qui suivit. Les photos nous montrent souriants à la sortie de l'église, taquins lors du discours, concentrés lorsque je passais les disques pour faire danser les autres. La réalité fut tout autre.

Les paroles de Violaine me flagellaient encore et encore. « Si on avait été ensemble, tu n'aurais pas raté le Conservatoire… »

Et je me souviens d'avoir picolé jusqu'à ne plus savoir marcher – ce qui inquiéta Benoît, pourtant occupé à séduire la mère de la mariée.

Le lendemain, je fis mon sac à la hâte et décidai de quitter Roubaix pour Paris. Rien ne me retenait ici que la tristesse et les regrets. La haine, la rancune, la rage. Ces sentiments nouveaux s'étaient propagés, ils prenaient désormais toute la place. Adieu le conservatoire, Nora et mes habitudes. N'avoir besoin de personne pour devenir un musicien d'exception. Et surtout pas de Violaine.

À travers la fenêtre, les paysages défilaient, laissant les plaines grises du Nord se transformer en champs de céréales, en banlieue puis en grande ville. Au fond de mon abattement, une petite voix criait. Mes efforts porteraient leurs fruits. Bientôt, Violaine serait forcée de reconnaître ma valeur.

Ding dong, la voix du contrôleur : le train était arrivé gare du Nord, à Paris.

Après avoir quitté Roubaix, la ville qui m'avait vu naître et souffrir, j'étais désormais Parisien. La capitale s'avéra bien différente des clichés. Les murs portaient encore les cicatrices des slogans de 68, mais la révolution tardait à se concrétiser. Je découvris le bonheur des chambres de bonne minuscules, les toilettes sur le palier et des parois d'appartement si fines qu'on pouvait tomber malade rien qu'en entendant son voisin tousser.

Les premiers mois furent les plus difficiles. Sans diplôme utile, ni relations, je m'épuisais dans des petits boulots. Serveur dans un bistrot de Belleville, le jour ; livreur de journaux, la nuit. Les mains gelées et l'estomac vide.

Je me souviens de mon premier hiver à Ménilmontant. Les ruelles grouillaient d'artisans qui me rappelaient le brouhaha de ma ville natale : les ferronniers fauchés, les ébénistes bourrus, les imprimeurs crasseux. J'étais chez moi.

Benoît vint me voir au printemps 1972. Il revenait d'un voyage en Inde, le teint tanné par le soleil :

– Tu ne peux pas vivre ici, s'exclama-t-il en découvrant que ma chambre était à peine plus grande qu'un placard.

Il proposa de m'aider avec quelques billets. Je refusai.

Quelques mois plus tard, ce fut au tour de Julien de me passer un appel téléphonique entre deux visites. Sa voix, bien qu'attentionnée, trahissait une inquiétude. Je me sentais jugé :

– Tu devrais revenir à Roubaix, je te trouverai un poste à l'usine.

– Je suis musicien, Julien.

Un silence. Puis :

– Je ne comprends pas pourquoi tu n'acceptes pas qu'on t'aide. C'est pas un crime. J'ai raccroché, le cœur serré. J'avais ma fierté. Et je préférais me réchauffer en jouant du piano dans les sous-sols d'un conservatoire d'arrondissement. Un gardien me laissait entrer après la fermeture. Marcel avait pris sa retraite d'accordeur et des gars fauchés comme moi, il en avait aidé des dizaines.

– Ça rend service à tout le monde. Les pianos ont besoin qu'on les touche, sinon ils se dessèchent.

Marcel était grivois, mais sympathique. Je lui glissais parfois un paquet de Gauloises, ou une bouteille quand mes fins de mois le permettaient. Ces nuits-là, je travaillais jusqu'à l'aube, m'acharnant sur des partitions classiques qui me résistaient encore.

C'est dans ce sous-sol que j'ai rencontré Mathilde, une danseuse de vingt-huit ans qui faisait dix ans de plus que son âge, et qui venait répéter ses enchaînements quand les studios étaient fermés. Mathilde fut la première d'une série de filles qui traversèrent ma vie sans vraiment s'y installer. Des instants éphémères, où chaque étreinte ne faisait que souligner l'absence de Violaine – ce qu'à ce moment-là de ma vie, je ne voulais pas admettre.

À l'époque, Paris commençait à changer de visage. Les tours de La Défense s'élevaient à l'ouest et le Forum des Halles creusait un trou béant au cœur de la ville. Mathilde était danseuse à la Folie Bleue, un cabaret de Pigalle où les néons clignotaient à vous rendre épileptique. Un endroit où les clients venaient moins pour le spectacle que pour admirer le charme des filles.

– Le patron est infect, mais il paie à l'heure, m'avait confié Mathilde un soir, en tirant sur sa cigarette sans filtre. Et je ne peux pas me permettre de faire la difficile.

Un autre jour, avec mon dernier billet de cent francs, je l'ai emmenée voir Cyrano à la Comédie-Française. Nous étions si haut, dans le poulailler, qu'on apercevait à peine les comédiens. Pourtant, quand Cyrano s'est lancé dans sa célèbre tirade du « Non merci ! », quelque chose a surgi dans mes entrailles.

« Et que faudrait-il faire pour obtenir la fortune et la gloire ? Chercher un protecteur puissant, prendre un patron ? »

Les mots résonnaient dans l'immense salle comme s'ils avaient été écrits pour moi. À mesure que Cyrano dénombrait tout ce qu'il refusait de faire pour réussir, je me reconnaissais dans chaque refus craché avec une fierté qui me laissait sans voix. À côté de moi, Mathilde semblait lointaine. Je voyais défiler mes années d'efforts, mon échec au Conservatoire, toutes ces portes fermées faute d'avoir su m'agenouiller devant les bonnes personnes.

« Ne pas monter bien haut, peut-être, mais tout seul ! »

Ce dernier vers me frappa en plein cœur. C'était exactement ça : je voulais réussir non pas par la ruse, mais par la force, par mon talent. En sortant du théâtre, je me sentais conforté dans mon désir d'être moi-même.

Je découpais les petites annonces, je courais les salles de spectacle pour glisser mes coordonnées aux régisseurs, j'enchaînais les castings. Dénicher les opportunités était presque plus épuisant que les auditions elles-mêmes. Je ne possédais ni les codes ni les relations qui auraient pu m'ouvrir les portes de ce milieu.

En 1975, tandis que la crise économique commençait à étouffer les espoirs des Trente Glorieuses, je parvins néanmoins à me faire embaucher comme pianiste dans un club de jazz du quartier Saint-Germain. Trois soirs par semaine, j'accompagnais des chanteurs plus ou moins talentueux. Pour la première fois depuis mon arrivée à Paris, je gagnais ma vie grâce à la musique. Un salaire modeste, juste suffisant pour mes besoins les plus simples. Ces soirées me donnaient de l'énergie. C'est dans cette période, entre deux représentations, que je commençai à travailler sérieusement sur *Bleu bizarre*.

Le morceau existait depuis longtemps dans ma tête. Cette mélodie obsédante me poursuivait, mais je n'arrivais pas à la fixer sur le papier. Elle semblait toujours m'échapper au moment où je croyais enfin la saisir, comme un rêve qu'on oublie au réveil.

Le club ferma ses portes en 1979, victime de la récession. Le chômage secouait la France et on avait moins le cœur à rire et à chanter. Les auditions se faisaient plus rares, les postes aussi. J'allais avoir trente ans et non seulement je n'étais pas devenu un musicien d'exception, mais j'avais faim. La maigreur de mon visage trahissait ma condition et je me retrouvais toujours à dispenser des leçons de musique à un enfant bien né, dans un vaste appartement haussmannien. Un enfant peu doué, peu passionné, qui multipliait les erreurs et dont les fausses notes me crispaient. Particulièrement cet après-midi où il semblait pratiquer le piano avec des moufles plutôt qu'avec ses doigts.

– On reprend, lui répétai-je, toujours au même endroit et alors qu'il agressait mes oreilles depuis plusieurs mesures déjà.

L'enfant reprit de façon hasardeuse mais passable. J'en pris mon parti et le laissai continuer afin qu'il puisse au moins conserver de sa séance une sensation de progrès. Cinq minutes avant l'heure de fin, je le suppliai néanmoins d'arrêter.

– Je l'avais presque ! m'objecta-t-il avec assurance.

– On continuera la prochaine fois, Nicolas, dis-je en pensant que décidément, l'humilité n'étouffait pas le jeune homme.

Je récupérai le billet de cinquante francs, tendu par la maman. Mais dans sa jupe plissée, elle paraissait sceptique et pas tout à fait sourde :

– Ça semblait encore un peu chaotique, à l'oreille.

– À l'oreille peut-être, mais à l'œil la progression est frappante ! lui objectai-je.

J'en étais réduit, pour passer l'hiver, à lui conseiller de doubler le nombre de séances.

– Je suis désolé je dois vous laisser, j'ai une audition importante.

– Je ne vous retiens pas alors ! m'encouragea-t-elle, les doigts croisés, impatiente d'ajouter un musicien famélique à sa collection de rencontres intéressantes.

La salle d'attente était comme une nuit, sombre et bondée. Deux camarades me saluèrent, deux candidats, deux concurrents à l'allure plus pauvre encore que la mienne. On partagea quelques découragements, mélange d'adversité et d'empathie sincère face à la galère que nous vivions. Un seul poste était à pourvoir dans cet ensemble et notre fraternité dans la misère s'arrêtait là où commençait notre survie.

– Élias Loizeau ?

Je sortis brusquement d'une sieste. Une chaise en plastique inconfortable, un couloir désormais vide, je consentis à nouveau à la détresse.

– C'est à vous.

Je m'assis devant le grand piano à queue face au jury et m'apprêtai à leur jouer le morceau de Boulez spécifié dans l'annonce. Être prêt, pouvoir réussir. Et malgré les échecs accumulés, croire encore en sa bonne étoile.

Un jour la chance finirait par tourner. Le talent ne suffit pas. Le travail non plus. Les planètes finiraient par s'aligner, il suffisait d'être assez patient pour ça. Et ne pas mourir de découragement en attendant. Car depuis plusieurs mois déjà, les échecs me pesaient davantage. Je mettais des jours à m'en remettre – quand j'y arrivais ! Les non s'additionnaient aux précédents, autant de handicaps supplémentaires à supporter dans une course d'obstacles dont je ne voyais pas le bout. Mais cette fois, j'y croyais. J'étais aussi le dernier candidat, ce qui me donnait un avantage sur les premiers dont la prestation du matin pouvait paraître lointaine aux oreilles des sélectionneurs. Je pouvais y arriver.

J'eus à peine le temps de commencer à jouer que le directeur de casting, distrait et fatigué par ses dizaines d'auditions, m'arrêta :

– Merci jeune homme.

Une colère m'ébranla.

– Déjà ? Il y a un problème ? Ce n'est pas assez incarné ? C'était trop rapide ?

– Non, c'était très bien…

– Je peux vous jouer quelque chose d'autre si besoin ! Vous voulez du classique, du baroque, du minimaliste… ?

– Ce ne sera pas nécessaire, merci.

Je restai bouche bée, stupéfait, abattu.

Ce soir-là, Julien m'apparut comme un phare sur le trottoir d'en face. Nous étions convenus de fêter ses trente ans ensemble à Paris. À l'époque, nous nous voyions en moyenne une fois par an et nous évitions toujours d'aborder le sujet Violaine.

– Mince, ça ne s'est pas bien passé, dit-il en constatant la déconfiture sur mon visage.

– Personne ne m'écoute, personne ne me donne ma chance. Je n'ai plus un rond, je passe mes journées avec des enfants nuls, mes soirées à répéter des morceaux pour des auditions. Tout ça pour rien.

Julien compatit et m'invita à dîner.

– Je ne disais pas ça pour t'apitoyer.

– Ça me fait plaisir ! Et ce n'est pas tous les jours que je suis à Paris, dit-il en dénouant sa cravate ; tandis que je continuai à me lamenter.

– Je vais arrêter, je t'assure, je suis à bout.

Avec moi, Julien était du genre généreux. C'était notre histoire. Elle avait débuté avec des vêtements prêtés, un harmonica offert ; elle se poursuivait au restaurant. Poireaux vinaigrette, œufs mimosa, entrecôte frites, omelette norvégienne en dessert. Bière, vin et digestif. Je pris la totale et laissai mon corps oublier le dégoût qu'il avait de lui-même. Ça allait mieux. Julien aimait ces soirées volées avec moi, je le sentais. Les sujets en pagaille, entrecoupés, du coq à l'âne, les souvenirs rebattus sur la table et l'avenir par intermittence. Julien s'apprêtait à reprendre la direction de l'usine familiale. Son père avait un pied dans la retraite. La passation n'était pas si facile, le patriarche avait un caractère de cochon.

Soudain, Julien s'interrompit de manière inhabituelle. Il me fixa pour aborder le vrai sujet de la soirée.

– Violaine est enceinte, me lança-t-il d'un jet, comme un appel au secours. La nouvelle frappa mon visage de plein fouet. Une mandale et une double douleur. Celle de l'annonce en tant que telle ; et celle de son effet en moi, neuf ans après leur mariage.

– Félicitations ! surjouais-je en exprimant toute la force et l'enthousiasme dont j'étais capable, dans des mots contraires à mon agitation intérieure.

– C'est un peu grâce à toi, dit-il, avec un sourire stressé.

Je ne voyais pas où il voulait en venir et cette fois j'eus du mal à masquer mon scepticisme. Alors il précisa sa pensée :

– Si tu ne m'avais pas poussé dans les bras de Violaine, je n'en serais pas là !

J'esquissai un sourire tendu. Ces mots, ces phrases, cette absence de tact, ça ne lui ressemblait pas. Quelque chose clochait.

– Tu sais, ça n'a pas été simple jusqu'à maintenant, ajouta-t-il en baissant les yeux. On a mis du temps.

Je le regardai en attendant qu'il développe. Était-ce un problème médical ? Un manque de désir ? Il ne précisa rien. Il laissait flotter le mystère.

– Mais bon, tout le monde ne peut pas mener la vie d'artiste ! Et j'imagine que je suis fait pour la stabilité, ajouta-t-il avec dépit.

Julien me lança ensuite un regard si intense qu'il semblait attendre une réaction de ma part. Laquelle ? Je ne voyais pas. Et tout à coup, une voix féminine nous interrompit.

– Élias Loizeau ?

Une femme de cinquante ans au physique potelé nous adressait la parole.

– Mon amie vous a entendu lors d'une audition la semaine dernière, dit-elle en désignant une dame que je ne remettais pas.

– Il paraît que vous jouez de plusieurs instruments ?

J'acquiesçai, penaud, tandis que Julien flairait la bonne nouvelle à côté.

– Je lance un spectacle le mois prochain et je cherche un pianiste. Celui qu'on avait choisi nous a lâchés ce matin. La première est la semaine prochaine…

Cette intrusion dans notre dîner flattait mon ego blessé. Je me perdis soudain dans un rêve. Si ma vie sentimentale était pathétique, le temps des diètes et des castings touchait à sa fin. Quelqu'un m'avait entendu jouer et elle allait me proposer du travail. Plus elle parlait, plus j'étais excité. La dame s'appelait

Corinne et paraissait certaine que mon profil collait avec son grand projet. Le début de quelque chose, et pourquoi pas d'une carrière solo. La consécration. Jusqu'à ce qu'elle conclue.

– C'est l'adaptation d'une comédie musicale américaine.

Les pieds dans le tapis. La culbute. L'écroulement. Une comédie musicale ? Le vin que j'avais bu au dîner me montait maintenant à la tête.

– Enfin, en un peu différent bien sûr pour plaire au public français.

La proposition me déprimait tout à fait, tant le genre me semblait commercial.

Les comédies musicales américaines étaient pour moi le symbole d'une culture formatée, sans profondeur. Ces spectacles mettaient l'émotion en boîte, effaçaient toute singularité. Du formatage musical qui sentait la production à la chaîne, l'exact opposé de ce que j'avais toujours rêvé de créer.

– Malheureusement, je suis surtout compositeur. Et mon projet est sur le point de se concrétiser.

– Je ne vous dérange pas plus longtemps.

Elle me serra la main et disparut, laissant la déception dans le regard de Julien.

– Quoi ? Tu me trouves snob, c'est ça ?

Il ne dit rien, mais il n'en pensait pas moins.

Après avoir vidé plusieurs bouteilles, Julien me raccompagna jusque chez moi. Plus nous avancions, plus son débit s'accélérait. Il me parlait cinéma, littérature, musique. Il ne voulait pas me quitter. Il mettait tout en œuvre pour retenir le temps, l'étirer, le tordre. Julien riait, souriait, s'emportait. Il était la meilleure version de lui-même lorsqu'il avait bu. L'étau se desserrait, la spontanéité jaillissait, la maladresse aussi – ce qui le rendait d'autant plus émouvant.

Ce soir-là pourtant, plus nous avancions, plus il était tactile. Il posait une main sur mon bras, sur mon épaule, sur ma nuque. Et au moment d'entrer dans l'immeuble, Julien saisit mes poignets et me regarda intensément. Avec l'ivresse, son intention était plus lisible. Lorsque je sentis ses paumes suer, je compris qu'il voulait m'embrasser.

Pris de panique, mes yeux ont quitté les siens :

– Je suis crevé. On remet notre dernier verre à plus tard ?

– Oui, bien sûr ! répondit Julien en se ressaisissant d'un bond.

Julien n'était pas idiot. Il avait pris ma diversion pour ce qu'elle était, un refus. Et malgré les précautions oratoires que j'avais adoptées pour ne pas le blesser, je le sentais accablé. Julien tourna les talons, effrayé à l'idée que la situation puisse dégénérer en une discussion compatissante, et donc humiliante pour lui. Je montai les escaliers en sentant que cette fin de soirée serait différente des autres.

Une nuit sans sommeil. Coincé dans ma chambre de bonne, à grelotter dans le lit simple. Le strict nécessaire à côté : des partitions crayonnées – nouvelle variation inachevée de *Bleu bizarre* – l'harmonica, des posters de concerts et quelques photos : Benoît en voyage, le pied sur un alligator ; Julien et Violaine qui me souhaitaient une belle année 1980. Autant d'indices, les souvenirs, les actes et les conversations s'entrechoquaient dans ma tête. J'avais parfois douté de l'attirance de Julien pour les filles, sans que je ne parvienne pourtant, par flemme ou par déni, à admettre l'amour que Julien me portait.

Cette révélation rendait la situation d'autant plus absurde et vertigineuse. Je m'inquiétai pour Julien. Arrivait-il à vivre des relations cachées ? Avait-il une double vie ? Ou au contraire, s'empêchait-il toute forme de sexualité par loyauté envers Violaine ? J'imaginais sa frustration et sa solitude. La société, à l'époque, punissait encore d'emprisonnement ce qu'elle considérait comme le délit d'homosexualité. Pourtant je savais qu'il adorait Violaine, désormais enceinte. Sur ce point hélas !, je ne pouvais rien pour lui.

Les jours qui suivirent, je regrettai mon refus de participer à une comédie musicale. Je changeai mon fusil d'épaule et fis des pieds et des mains pour ne pas tout gâcher. Après avoir dessoûlé et repensé de manière pathétique à nos jeunes années, je retrouvai la femme qui m'avait accosté dans le restaurant.

Mais ma fierté de musicien classique résistait encore. Je haïssais la soupe contemporaine qui était en plein essor en France à cette époque. La partition rock tendue par la manageuse dans le grand studio, me donna l'impression de brader mon travail. Je pris pourtant sur moi de jouer et fredonner les premières notes.

– Je ne peux pas, dis-je en me levant pour partir.

Corinne, cigarette à la bouche, ne l'entendait pas ainsi. Elle me rattrapa avec gouaille :

– Ah non mon p'tit gars, tu ne vas pas nous lâcher comme ça ! T'as du talent à revendre, faut que tu y croies un peu ! Allez, montre-nous ce que t'as dans le ventre !

Elle ponctua sa tirade d'une claque dans le dos qui me secoua comme un électrochoc.

Je me repris. J'exécutai la partition demandée et entendis derrière moi les autres musiciens me seconder. Je formai une troupe à mon corps défendant. J'aperçus les chanteurs et les danseurs monter sur scène. Je me retrouvai avec eux dans un costume scintillant : je baissai les armes, me laissai saisir et observai bientôt devant moi un public enthousiaste.

La chance, c'est comme les ennuis, ça vous tombe dessus au moment où vous vous y attendez le moins. Le spectacle dont j'avais finalement signé les arrangements se révéla être un succès. Des milliers de billets vendus, un affichage généreux, des salles qui s'agrandissent et quelques autographes signés – quand les fans se contentaient des musiciens à défaut d'attraper les premiers rôles. Des paroles romantiques, une mélodie entêtante et efficace, une équipe jeune et dynamique qui rejouait les affres de huit étudiants prêts à tout pour devenir de célèbres danseurs. L'émulation. La compétition. Une concurrence acharnée. Un suspense crescendo sur fond de coups tordus et d'intrigues amoureuses : la comédie musicale électrisait la jeunesse du début des années 1980.

Les adultes, surpris par ce succès, se mirent à regarder cet objet culturel d'un autre œil. Une polémique inattendue éclata dans les médias, dépassant largement notre création. Chacun y voyait le reflet de ses propres convictions politiques : la droite lisait une apologie du mérite individuel, tandis que la gauche décelait dans cette œuvre, une critique du système éducatif sélectif. Personne ne demanda son avis à l'auteur, qui n'en avait d'ailleurs aucun. La manageuse, elle, se frottait les mains : rien de tel qu'une controverse pour attirer l'attention. Elle en profita pour prolonger quatre fois l'exploitation parisienne, avant d'entamer une tournée monstrueuse jusqu'au Québec.

A posteriori, ce fut un coup de maître. Par chance ou par hasard, la manageuse avait su surfer sur les bouleversements de ce début des années 1980. L'invention du CD, l'explosion du marché des chaînes hi-fi, mais aussi l'émancipation de la jeunesse. La libéralisation des mœurs, l'avènement de la société de consommation : tout concourait à faire de notre production le phénomène parfait, en phase avec son époque.

J'avoue aujourd'hui qu'être reconnu en tant que musicien fut agréable et extrêmement réconfortant. Pour la première fois de ma vie, je me sentais enfin réel, visible, légitime. Le succès d'une œuvre à laquelle vous participez vous définit, vous invente et vous fait exister. Jouer et s'endormir ici, se réveiller ailleurs, avaler les kilomètres, squatter les chambres d'hôtel et fuir la solitude sentimentale comme la pluie.

Au moment où la fièvre retomba, après la polémique et la première tournée, Corinne eut le talent d'orchestrer un deuxième album composé presque exclusivement de reprises. Traquer des chansons aux quatre coins du monde, en adapter les paroles et laisser l'ambiguïté flotter sur leur invention. Suivre les effets du vent. Recycler les recettes du passé. Copier ceux qui mimaient Elvis : Johnny Hallyday, Eddy Mitchell, Dick Rivers ; ou ceux qui se réclamaient du Swinging London : Jacques Dutronc, Françoise Hardy. Devenir les doublures des doublures. Un sosie. La proie d'un système. Sans avoir son mot à dire, car contractuellement, nous étions tenus de poursuivre l'exploitation, même si nous n'avions rien de neuf à raconter.

J'étais au cœur de ce tourbillon avec un mélange de fascination et d'amertume. Certes, je vivais de ma musique et j'avais enfin obtenu la reconnaissance dont je rêvais. Mais à quel prix ? En devenant le rouage d'une machine commerciale dont je ne maîtrisais rien.

En renonçant à mes idéaux, happé dans une spirale de tournées et de compromissions. Un sentiment d'imposture me gagnait, comme si ce succès n'était qu'un malentendu. Étais-je vraiment fait pour ce monde et ses paillettes ?

Je devais réagir, reprendre le contrôle avant qu'il ne soit trop tard. Renouer avec mon désir originel, cette musique que je voulais singulière et exigeante. Trouver le courage de m'affranchir enfin, au risque de décevoir mon public et mes nouveaux mentors.

Le 17 mai 1983, le journal Libération titrait « Le cancer gay ». Des chercheurs de l'Institut Pasteur venaient d'identifier le virus qui s'attaquait brutalement aux défenses immunitaires. À l'époque, cette maladie était nommée AIDS et on la croyait réservée aux homosexuels. J'avais 33 ans et nous faisions salle comble. À l'Olympia, les braises d'un public déchaîné. Un spectacle d'une heure trente. Saluer la foule avec l'équipe, sourire aux lèvres, avant d'aller me poser dans la loge en solitaire, face au piano. Ce soir-là, je me faisais du souci pour Julien. Cette étrange maladie qui se répandait allait-elle l'acculer davantage ? Le pousser à l'abstinence, au suicide sexuel ? Les mots me manquaient pour lui écrire mon angoisse. J'aurais voulu le prendre dans mes bras, le réconforter, lui dire que quoi qu'il arrive, je serais là pour lui. Mais les paroles refusaient de sortir.

Puis mes pensées dérivèrent vers ces mélodies qui hantaient mon esprit depuis toujours. Je songeais à la secousse immense, aux sons purs et puissants, diaphanes et pleins à la fois. Perdu dans mes réflexions, mes doigts improvisaient machinalement sur l'air de *Bleu bizarre*. La mélodie semblait s'étoffer, gagnant en profondeur et en complexité. Les notes s'entrechoquaient dans une harmonie étrange, à la fois familière et inédite, comme l'écho d'une vie lointaine. Combien de temps allais-je la garder pour moi ?

– C'est alambiqué ton truc ! s'exclama Corinne à travers la porte. Tu ne peux pas jouer quelque chose de plus gai ?

Je la fixai, irrité par cette interruption.

– On va dîner avec l'équipe, tu viens ?

– Je vous rejoins plus tard.

– Comme tu veux. Tu sais que le bus part une heure plus tôt ce soir, tu as fait ta valise ?

J'acquiesçai d'un hochement de tête à peine perceptible quand Corinne, sur le point de partir, se ravisa. D'un geste las, elle sortit une pile de courriers de sa veste et la laissa tomber sur la table basse.

– Tes fans, ça va te remonter le moral, dit-elle en fermant la porte.

En écrasant une cigarette, je remarquai une enveloppe sur laquelle était griffoné mon nom avec soin. Une écriture tout à fait familière, celle de Violaine.

J'ouvris l'enveloppe. C'était une lettre que Violaine m'envoyait depuis Roubaix. Plus adulte, toujours aussi distinguée :

Élias,
Voilà des mois que nous n'avons pas de nouvelles de toi. Les enfants connaissent les chansons du spectacle par cœur. Julien aussi, même s'il s'en défend ! Depuis qu'il dirige l'usine, il travaille énormément. Je crois que tu lui manques. Un deuxième gamin, ça prend du temps – ce qui ne m'empêche pas d'aller à l'opéra. J'ai assisté hier à une version du Ring de Wagner : la direction musicale était nulle. Si tu avais été là, nous les aurions hués ensemble ! Je t'ai vu dans un reportage à la télévision, tu as l'air heureux, c'est bien. Mais réponds-nous. Écris-moi.
Violaine

Une fois la surprise passée, je ressentis une agréable sensation de consolation. Son ton était particulièrement amical. J'avais gagné. Violaine avait remarqué mon succès. Et surtout, elle avait abdiqué au point de me le faire savoir. Je déchirai la lettre d'un geste vengeur, n'oubliant pas combien elle avait été cruelle avec moi.

Alors que je sortais de la salle de concert pour rejoindre le bus sur le parking, une main saisit mon avant-bras. C'était Mélodie, une jeune femme de trente-neuf ans, perchée sur de hauts talons. Des cheveux volumineux teints en blond, l'allure décidée, les yeux soulignés de noir, un décolleté, un tailleur et une veste à épaulettes.

– Bravo. J'ai vu le spectacle trois fois, quel triomphe !

Un ton familier à se demander si nous nous connaissions. Non. Mélodie travaillait dans une production concurrente et elle me sortit le grand jeu :

– Vous savez ce que vous allez faire après la tournée ?

Je haussai les épaules et répondis avec une pointe de langue de bois : pour l'instant je profitais de la troupe, j'avais de la chance.

– C'est plutôt eux qui ont de la chance de vous avoir ! m'objecta-t-elle en laissant échapper un petit rire ironique.

Je plissai les yeux, le front, je tentai d'interpréter ses paroles. Elle ajouta que si les arrangements étaient si précis, c'était grâce à moi !

D'où pouvait-elle tenir ces informations ?

– Le milieu est petit, les gens parlent, précisa-t-elle avec un sourire admiratif. Je vais être franche avec vous. Je vous ai entendu jouer dans les loges tout à l'heure. C'était triste, c'était beau, vous devriez en faire quelque chose.

Je restai interdit, jusqu'à ce que Corinne m'interpelle depuis le bus.

– Élias, tu viens ?

Je répondis à Mélodie qu'il était l'heure pour moi de disparaître.

– Bien sûr ! fit-elle en ne lâchant ni ma main ni mes yeux. Si vous avez un projet dont vous voulez me parler, contactez-moi. Vous valez mieux que ça.

– Élias ! cria Corinne, d'un ton inquiet.

Elle houspilla :

– Qu'est-ce qu'elle voulait ?

– Rien de spécial.

– Méfie-toi, c'est un requin.

La mise en garde de Corinne aurait dû susciter la méfiance. Elle attisa pourtant mon désir. Le paysage défilait à travers la fenêtre du bus tandis que je pensais et repensais aux mots que Mélodie m'avait lancés. « Vous valez mieux que ça. » Ils résonnaient si forts que j'aurais voulu descendre du véhicule pour les lui faire répéter.

18 mai 1983. Étape à Orléans. Un hôtel sans âme et sans sommeil. Je contemplai la carte de visite de Mélodie toute la nuit. Un papier épais, légèrement granuleux. Son nom, son numéro, une adresse. Dans la salle du petit déjeuner, je saisis une feuille à en-tête de l'hôtel. Je rédigeai puis déchirai quatre versions de la même lettre. Hésiter, abandonner, y revenir. Le soir à Poitiers, après le spectacle, je me cachai dans un recoin des loges pour terminer mon courrier.

Mélodie,
Pardon d'avance si vous me trouvez inconvenant, mais depuis notre rencontre, vos paroles tournent dans ma tête. Vous aviez raison, j'ai un morceau qui me hante. Bleu bizarre. *Si votre proposition tient toujours, j'aimerais vous en dire plus.*
Bien cordialement,
Élias Loizeau

Je jetai le courrier dans une boîte aux lettres en rejoignant le bus. Bordeaux, Toulouse, Montpellier. Les villes s'enchaînaient sans relief jusqu'à la fin du mois de mai 1983. Chaque jour dans le hall, la manageuse distribuait le courrier. Mélodie connaissait l'itinéraire complet de notre tournée – je le lui avais glissé avec ma première lettre. J'attendais chaque soir, j'espérais. Chaque matin, j'étais déçu. Dix jours après mon envoi, je reçus enfin un colis. Une écriture fine, penchée, assurée.

Cher Élias,
Je ne crois pas au hasard des rencontres. Bleu bizarre *? Quel joli titre ! On y entend déjà une musique singulière. Vous trouverez avec cette lettre un petit magnétophone. Vous pourriez vous enregistrer, qu'en dites-vous ?*
Je pense à vous,
Mélodie

28 mai 1983. Je remontai dans ma chambre et m'y enfermai. Je sortis l'harmonica et jouai les premières notes de *Bleu bizarre* sans parvenir à me remémorer les spécificités de l'improvisation du soir de l'Olympia.

J'enregistrai. J'effaçai. Je recommençai. J'étais sec, vide, épuisé. Rien dans mes doigts, rien dans ma voix ; que du doute.

À la place, je me rabattis sur *La mer* de Charles Trenet. La mélodie coulait de source, une vague pop, rassurante. Je l'enregistrai d'une traite, à moitié résigné à lui offrir cette version édulcorée de moi-même.

Au fil des jours, je me détachai peu à peu de la troupe. Chaque soir, je peaufinai mon enregistrement. Le 6 juin 1983 à Lyon, enfin satisfait, je glissai le magnétophone dans une enveloppe rembourrée.

Sa réponse arriva à Nice, le 12 juin.

Cher Élias,
J'ai écouté votre reprise de Trenet en boucle, c'est prometteur ! Mais je ne peux m'empêcher de penser qu'il y a quelque chose de plus profond à explorer, quelque chose qui n'appartient qu'à vous.
Si vous partagez ce constat, nous pourrions vous accueillir en résidence au château d'Hérouville dès la fin de votre tournée. C'est un endroit magnifique, qui vous permettrait de mener à bien votre Bleu bizarre.
En attendant, je vous embrasse,
Mélodie

Je relus sa lettre plusieurs fois, fou de joie. Cette femme m'offrait tout sans rien me demander. Elle tombait bien.

À Nantes, le 16 juin, Mélodie me tutoyait. Le 22 à Marseille, sa lettre commençait par Mon Élias. Le 28 à Strasbourg, elle me confiait adorer la musique punk – qu'elle avait écoutée une fois sous LSD. À Lille, début juillet, elle m'écrivait avoir rêvé de ma musique.

Mes réponses s'allongeaient lettre après lettre. Je lui racontais Roubaix, mon petit frère disparu, la beauté des usines et mes débuts au cabaret. Je ne parvenais toujours pas à lui envoyer quoi que ce soit de *Bleu bizarre*. Je me rassurai en pensant que ça viendrait bien assez vite en résidence.

Dernière semaine de tournée fin juillet à Dijon. Un mot bref de Mélodie.

Mon Élias,
J'espère que tu profites de tes dernières dates ! J-4 avant ton retour à Paris : je nous ai réservé une table à 20 heures au Rigodon, un charmant restaurant du 11e arrondissement. Je porterai une robe bleue – au cas où tu ne me reconnaîtrais pas (rires).
Ta Mélodie
PS : Tout est prêt pour ton arrivée au château début août.

Sur le trajet du retour, je relisais ses lettres. Neuf semaines de correspondance, déjà. Cette relation, qui n'existait que sur du papier, sonnait plus juste que n'importe quelle autre que j'avais vécue.

Un restaurant intimiste. Une impatience. Une timidité. Une bise enthousiaste et maladroite. Un sourire ravageur et sincère. Mélodie paraissait heureuse de me revoir.

Elle joua la partition que j'attendais. Un discours ciselé, précis, sans ambiguïté. Et afin de bien cerner le périmètre artistique qu'elle imaginait pour moi, je mis les pieds dans le plat en évoquant *Bleu bizarre*. Elle m'arrêta net :

– Avec moi, tu seras libre de créer ce que tu voudras. Tu prends ton temps.

Je fus soulagé. Séduit par son optimisme et son côté rationnel. L'ambiance légère nous poussa à boire beaucoup. L'ivresse aidant, elle me donnait l'impression chaleureuse de m'avoir choisi.

Le soir même, nous couchions ensemble.

Mélodie ne m'avait pas menti. Au studio, je ne manquais de rien. Le château d'Hérouville était un bâtiment construit au XVIIIe siècle. Il avait servi de relais de poste, de décor à un roman de Balzac et, selon la légende, accueilli les amours illégitimes de George Sand et de Frédéric Chopin. Entre 1969 et 1973, le château avait hébergé les plus grandes stars internationales, d'Elton John aux Pink Floyd, toutes venues tirer parti de son studio dernier cri pour composer. Et profiter des fêtes qui se déroulaient parfois autour et dans la piscine.

Après trop d'excès, ce lieu de résidence unique au monde à l'époque, avait fini par tomber en désuétude. Le propriétaire s'était ruiné et le château était menacé de fermeture. Or, les instruments et les consoles étaient en bon état… Ce fut donc dans cet endroit déserté, qui portait dans ses murs ces illustres fantômes, que je m'installais, seul, mais accompagné. Je me sentais protégé là-bas. Je cherchais de nouveaux sons, j'expérimentais, je travaillais avec sérieux, douze heures par jour, à l'élaboration d'une deuxième version de *Bleu bizarre*.

Mélodie me rejoignait à la nuit tombée au terme d'une journée passée à s'occuper des autres artistes qu'elle suivait à Paris.

– Tu veux me faire écouter quelque chose ? me demandait-elle, chaque soir, après m'avoir embrassé.

Et chaque soir, je lui répondais, légèrement soucieux, que c'était trop tôt.

– Ça fait des mois que tu me dis ça ! poursuivait-elle en me provoquant.

Mes compositions s'accumulaient, s'amélioraient, sans avoir encore trouvé la cohérence qui les lierait. Mes refus faisaient souvent monter le désir de Mélodie pour mes chansons. Et pour moi. Je lui embrassais le cou, dégrafais son soutien-gorge, passais ma main sous son pull et nous faisions l'amour sur le piano, sur le tapis ou sur la console. Nous dînions au réfectoire. Nous nous poussions à bout. Et nous recommencions à faire l'amour, comme deux enfants à qui on viendrait de confier un nouveau jeu. J'aimais cette femme. Avec elle, tout était simple, léger et enthousiasmant.

Une nuit après l'amour, alors qu'elle avait sa tête allongée dans le creux de mon épaule, Mélodie regardait le plafond avec un air rêveur :

– Tu vas composer une grande œuvre ici !

Sa confiance me bouleversa si fort que j'en fus grisé. Nous venions de jouir, nous étions encore entre deux mondes. Je déposai un baiser sur sa tempe et fus traversé par une idée saugrenue :

– Tu ne veux pas te marier avec moi ?

Elle me regarda comme si j'étais fou, puis sourit :

– Non. C'est beaucoup trop tôt !

Feignant d'être vexé, je l'embrassai dans le cou jusqu'à la chatouiller :

– Bien sûr qu'on va se marier !

– Je vais réfléchir, me répondit-elle.

– Je vais te faire réfléchir, moi…

Elle a éclaté de rire et nous avons de nouveau couché ensemble.

La journée d'après passa, peu productive. Shorts et sac de rando. Nage. Promenade dans les bois. Rêveries légères et joyeuses. Des sentiers, des champs. Un casse-croûte dans le parc naturel près du cours d'eau.

Sur le chemin du retour, le gardien nous indiqua que le téléphone avait sonné toute la journée.

– Ça fait des heures que j'essaye de t'avoir ! se lamentait Julien, bredouillant, à l'autre bout du fil.

– Comment tu as trouvé mon numéro ?

– Une galère. Je te passe les détails.

Il avait la bouche sèche, sa respiration hachait ses mots. Si bien que je finis par m'inquiéter de ce qu'il avait à m'annoncer.

– Violaine n'est pas très bien en ce moment... Je crois qu'elle déprime. Et dans notre couple, c'est un peu... Ça lui ferait du bien de te voir.

Un vide se forma à l'intérieur de moi. Violaine allait mal et Julien m'appelait pour l'apaiser ?

– Je dois partir ce soir pour le Maroc. Un fournisseur de textile essaye de nous la faire à l'envers. Je ne peux vraiment pas y échapper. Depuis qu'on a délocalisé la moitié des ateliers là-bas, je dois tout surveiller moi-même. Je te le demande comme un service. Juste une soirée, pour lui changer les idées !

Pourquoi insistait-il autant pour que ce soit moi ? Était-ce une bonne idée de revoir Violaine sans Julien ? J'hésitais. Mélodie me faisait des grands signes derrière, elle me poussait à prendre l'air.

– Tu travailles comme un dingue depuis des semaines ! On n'est pas à vingt-quatre heures près, me chuchota-t-elle avec tendresse. C'est ton ami d'enfance, accepte !

Pendant ce temps-là, Julien était toujours à l'autre bout du fil :

– Élias ? Tu es encore là ?

Je finis par accepter la proposition de Julien.

Dans la voiture qui traçait sur l'autoroute, mon cœur se mit à battre plus fort sans savoir si c'était la perspective de revoir Violaine, ou l'angoisse de regagner la région de mon enfance qui s'épanouissait. Revenir ici était à chaque fois un effort. C'était revivre l'absence de mon frère, la mort de mes parents de cancers fulgurants et successifs. C'était prendre le risque de voir le fleuve des occasions manquées dégorger. Et d'y rester englué.

Après plusieurs années sans la voir, je me retrouvais devant la porte de la maison de Roubaix. Mon regard fut attiré par les arbres centenaires du jardin. Un calme s'installa en moi. Les arbres n'avaient pas changé depuis mon adolescence, moi si. Entre-temps, j'avais demandé une femme en mariage et si elle n'avait pas encore dit oui, un nouveau chapitre de ma vie était en train de s'ouvrir. Mélodie, j'en étais sûr, m'avait sauvé du passé, de Violaine et de ma famille. Maintenant qu'on m'aimait et que j'avais réussi, j'étais enfin un homme accompli. Je pouvais frapper à la porte.

Le 12 octobre 1983, la porte s'ouvrit sur Violaine, déjà un verre à la main. Elle n'avait pas vraiment vieilli, seules quelques rides s'étaient ajoutées sous ses yeux. Les nuits agitées par le réveil des enfants ? L'alcool ? Ou la tristesse que Julien avait évoquée au téléphone ? Violaine n'avait pas l'air en mauvaise santé pour autant. Elle était vêtue d'un pantalon taille haute et d'un chemisier en satin. Brushing parfait, teint hâlé, maquillage discret. Elle paraissait heureuse de me voir. Pour l'instant, elle me laissait indifférent. Et j'en éprouvais un soulagement intérieur.

– Tu ne passes plus par les fenêtres ?

Violaine profita du sourire que j'esquissai pour me prendre dans ses bras.

– Je ne pensais pas que tu viendrais, me glissa-t-elle à l'oreille.

Elle me laissa saisi comme à Pompéi.

La maison non plus n'avait pas beaucoup bougé. Les tableaux modernes avaient remplacé les toiles figuratives des parents – partis profiter de leur retraite dans le Sud de la France. Mais l'esprit demeurait le même, c'était même troublant de voir combien les vies des enfants prolongent celles des parents... Moquette épaisse, boiseries, baie vitrée. Violaine m'emmena dans la cuisine et sur le chemin, me fit part d'une découverte qui lui tenait à cœur.

– Bernard J., tu connais ?

Je ne voyais pas du tout qui c'était.

– Il écrit de la musique pour le cinéma. J'ai récemment vu tous ses films, c'est formidable ! poursuivit-elle. Il a cette façon très singulière de composer des thèmes qui paraissent très simples à la première écoute. Quand tu écoutes de plus près, c'est d'une complexité folle ! Tu aimerais beaucoup.

Je me surpris à penser qu'elle était belle quand elle parlait de musique. Sur l'horloge, les vingt heures qui sonnaient me sortirent de ma rêverie.

– Les enfants ! dit-elle en mettant la main devant sa bouche. Tu peux aller voir si tout va bien ? J'ai peur que ça brûle.

Je me retrouvai dans une chambre avec deux enfants en pyjama : Marc, cinq ans, et Capucine, sa sœur, trois ans. Jouer aux Playmobil avec eux : un cirque qu'ils avaient reconverti en salle de concert, plaçant un pianiste sur la piste centrale, face à un public debout.

– Moi aussi, je veux devenir musicien !

– Ah ? Et tu veux jouer quoi comme musique ?

– De l'harmonica, me répondit le garçon bien peigné.

Je souris avant qu'il ne me demande de le faire tourner en l'air. Je fis rire Marc, puis une fois posé à terre, il m'interrogea.

– Tu as des enfants, toi ?

Violaine passa une tête, un nouveau verre à la main et intervint avec douceur.

– Tout le monde n'est pas fait pour avoir une famille, mon chéri.

Je pâlis.

– Il va nous jouer sa nouvelle chanson le monsieur ? demanda Marc à sa mère.

– Oh oui ! surenchérit la petite sœur.

– Si vous lui demandez poliment peut-être, leur répondit Violaine en m'adressant un clin d'œil.

Sans que je m'en aperçoive, un consensus s'était formé. Je me retrouvai assis devant le piano, sans vraiment le vouloir, face au public familial bien installé sur le canapé. L'assemblée souhaitait entendre *Bleu bizarre*. Le morceau n'était pas fait pour être joué sur un piano classique, et, surtout, je n'avais jamais joué cette version à personne.

– Ne t'inquiète pas, on sera compréhensifs, relativisa-t-elle. Pas vrai, les enfants ?

Tout le monde répondit oui à l'unisson, mes arguments s'essoufflaient, j'étais coincé. Perdu pour perdu, je pris une grande respiration et je plongeai.

Dans l'église de Roubaix, le prêtre s'adresse à l'assemblée :

– Aujourd'hui, et je suis désolé de le dire pour ceux à qui cela va sembler un peu enthousiaste : il y a une sorte de naissance pour Julien. Sa naissance au ciel. Si nous sommes rassemblés ce 24 mai 2019, c'est précisément pour demander au Seigneur, dans la communion des saints, d'accueillir Julien dans son paradis. Nous avons ce désir qu'à la question : « Sais-tu que je t'aime et te veux dans la vie éternelle ? », Julien puisse répondre : oui !

Sache que tu es aimé de Dieu, Julien. Tu l'as peu dit. Peut-être pressenti avant ta mort. Dis-le ! Maintenant que tu es en face de Jésus, dis-le que tu veux aimer et être aimé tel que tu es. Non pas tel que tu aurais voulu être, mais tel que tu es. Voilà ce pour quoi nous sommes rassemblés aujourd'hui.

Chez Violaine en 1983, rien d'ostentatoire. Un plat en porcelaine, mais pas d'argenterie. J'attendais qu'elle parle avec authenticité de ma prestation devant la famille. Violaine meublait, tantôt trifouillant son assiette tantôt finissant un verre. Les clubs de lecture, les dîners, une telle qu'elle avait croisée et pour laquelle je-ne-devinerai-jamais-ce-qui-lui-était-arrivé ! Elle avait divorcé, accouché, elle était morte ou je ne sais quoi. À l'intérieur de moi, le feu.

– Tu vas me dire ce que tu as pensé de mon morceau ?

Violaine tenta de noyer le poisson :

– Je te l'ai déjà dit. C'est très bien !

Mais comme je la dévisageai, elle dut avouer la vérité :

– Ça fait un peu penser à Philip Glass. La manière dont tu agences les accords, les répétitions…

Son intonation trahissait ce qu'elle n'osait pas dire : ma composition manquait de personnalité. Voire pire, que j'étais un copieur.

– Philip Glass n'est pas le seul à utiliser des accords répétitifs.

– Ce n'est qu'un début, j'imagine.

Ça faisait des années que ce morceau me collait à l'âme, des semaines que j'étais dessus, à Hérouville ou ailleurs.

– Je pense que tu peux faire mieux. Plus vivant, plus original. Bien sûr, je suis sensible à ce que tu as joué parce que nous avons les mêmes références. Mais où es-tu dans ce morceau ?

Ne plus trouver la force de répondre, ni de prétendre trouver ses remarques constructives.

– Tu n'as jamais songé à écrire des bandes originales ? poursuivit-elle en vidant un autre verre. Ça débloquerait peut-être ton inspiration, si tu travaillais pour un film ?

L'affront me brûla la gorge. J'étais venu pour la réconforter et je me faisais humilier. Moi qui voulais être compositeur, elle me reléguait au rang de créateur d'ambiances sonores. Elle me remettait à ma place sociale, comme si je devais me contenter d'être un musicien utilitaire plutôt qu'un créateur à part entière. Dans sa bouche, mes ambitions sonnaient comme une prétention déplacée.

Allez, stop. Vite, vite, se lever, rassembler mes affaires et disparaître sur-le-champ. Oublier cette soirée, fermer la parenthèse rouverte du passé et repartir dans ma vie. Je finaliserai *Bleu bizarre* et l'offrirai à Mélodie, pour de vrai.

Mais Violaine m'attrapa par la manche et glissa sa tête sur mon cou :

– Reste. Je sais ce que tu penses, que je suis pitoyable, que j'ai vieilli. La vérité, c'est que cette vie-là, comme ça, je n'y arrive pas.

Je voulus me défaire de son emprise, mais elle insista :

– Ne me laisse pas, je t'en prie !

Et Violaine m'embrassa.

Au contact de ses lèvres, l'énergie dépensée ces dernières années à la tenir loin de moi s'évanouit. Son corps contre le mien. Ses mains dans mes cheveux. Cette chaleur que j'avais imaginée tant de fois ! Je la voulais. Je l'avais toujours voulue. Pourtant, au moment où nous nous apprêtions à faire l'amour, je pensai à Mélodie. Dans mon esprit, Mélodie ne me jugeait pas, elle attendait de voir ce que j'allais faire. Mes mains devinrent moites, et mes jambes tremblantes.

– Je vais me marier.

Violaine blêmit. Le sang avait quitté son visage d'un coup. Une satisfaction douloureuse m'envahit à la vue de son désarroi, comme une compensation sur les années où elle m'avait fait souffrir.

– Je l'ai rencontrée il y a deux mois. Je me sens bien avec elle et on ne se quitte plus. Elle s'appelle Mélodie, elle est enthousiaste, elle est passionnée.

– Passionnée ? C'est le pire état pour se marier ! s'étouffa Violaine.

– Elle a l'air sincère. Elle est joyeuse, ambitieuse. On partage le même intérêt pour la musique et elle croit en mon talent.

Violaine ravala sa salive :

– Si tu considères que l'amour est synonyme de passion et de sexe, c'est l'échec assuré. C'est un projet, une volonté !

– C'est du désir aussi !

– Et tu vas faire quoi avec elle, continuer à copier ceux que tu admires ?

À quoi bon poursuivre cette discussion ? Je rassemblai à nouveau mes affaires le plus vite possible.

– Je dis ça pour toi, se justifia-t-elle, les yeux tournés vers le sol.

– Je suis en train de réussir, j'ai besoin de personne.

Violaine pinça ses lèvres, effarée par l'absence d'élégance de ma remarque.

– À force de faire les mauvais choix, Élias, tu finiras par dessiner ta…

– Ta propre tragédie. Tu m'as déjà dit cette phrase la veille de ton mariage. Décidément, tu radotes.

– Tu as raison, ça ne me regarde pas, dit-elle en reculant froidement. Bravo pour tes fiançailles.

Violaine partit se coucher, la lumière du salon s'éteignant derrière son passage.

– En tant qu'officier de l'état civil, c'est toujours avec grand plaisir que je reçois, sous le toit de la République, les futurs époux qui ont choisi la voie du mariage.

On entendit Benoît, au loin, lancer un « Tu es beau Élias ! » provoquant l'hilarité de l'assistance. Il était accompagné d'une fille et d'un garçon, amants de passage, avec qui il formait une sorte de trouple. J'avais invité Julien et Violaine, pour la forme. Julien était là, Violaine, non.

– Chacun sait qu'il y aura aussi des jours d'épreuves et c'est dans ces moments-là que l'amour, la présence et l'implication de chacun dans le mariage prendront toute leur valeur et leur importance.

Nous échangeâmes, tout sourires, nos anneaux, sous les applaudissements d'une petite assemblée festive derrière nous.

Seul bémol, Julien. Malgré le sourire et les félicitations chaleureuses, il paraissait déprimé et malheureux.

Il eut beau me dire qu'il rencontrait toujours des ennuis avec son usine, j'avais compris qu'il était dévasté par mon mariage.

Tout cela ne nous empêcha pas de danser jusqu'à une heure avancée de la nuit. La fête se déroulait dans l'appartement spacieux de Mélodie, avec simplicité et en présence de nouvelles relations, toutes issues du monde de la musique. La différence d'âge entre Benoît et ses très jeunes partenaires troubla mon ivresse. Je fixai Laure, qui devait avoir à peine dix-huit ans, puis son compagnon du même âge. Et quand je demandai maladroitement à Benoît s'il ne se sentait pas un peu décalé, il haussa les épaules avec ce sourire qui lui était propre. Ce fut Laure qui répondit avec énergie, le menton relevé.

– J'aime qui je veux, quand je veux, avec qui je veux, trancha-t-elle. La monogamie, c'est un concept que les hommes ont inventé pour nous contrôler pendant qu'ils vont voir ailleurs.

Benoît éclata de rire tandis qu'elle me dévisageait. J'étais visiblement identifié comme l'élément conservateur de la soirée.

– Mon corps m'appartient. Et si j'en ai besoin, je me ferai avorter.

Je me recroquevillai dans le canapé, levant les mains en signe de paix. Je n'avais pas voulu la froisser, juste comprendre comment cette fille pouvait désirer un homme de quinze ans son aîné – même Benoît, aussi beau soit-il. La discussion tourna court. Ils riaient déjà d'autre chose, leurs trois corps imbriqués sur le divan d'en face.

Longtemps après cette soirée, cette situation me hantait toujours. Était-ce ça, la liberté ? Toujours plus, jamais moins ? Toujours oui, jamais non ? Benoît traversait les années avec cette légèreté qui me faisait défaut. Comment faisait-il ?

Après le départ des derniers invités, Mélodie et moi nous sommes retrouvés, seuls, dans notre chambre. Elle se laissa tomber sur le matelas.

– Tu es fatiguée ? lui demandai-je en m'allongeant à ses côtés.

– Je suis défoncée !

– Dommage.

Titillée par la curiosité, Mélodie s'approcha tout de suite de moi avec un air grivois :

– Tu as quelque chose à proposer ?

– Je voulais te faire écouter mon morceau, mais ce n'est peut-être pas le moment.

Les yeux de Mélodie s'ouvrirent en grands tandis que je déposai un casque sur ses oreilles. Malgré ce qu'en avait pensé Violaine, j'étais particulièrement fier de mon travail. Et si j'avais revu quelques passages depuis notre altercation, je savais que l'essentiel tenait largement la route. Grâce à Mélodie, *Bleu bizarre* serait enfin partagé avec le plus grand nombre.

Mélodie paraissait impressionnée. Le pied comme un métronome, les yeux plissés, le sourire qui hésitait entre le ravissement et la surprise. Elle hochait la tête par moments, suivant le rythme, son corps semblait répondre aux vagues sonores. Une fois, elle leva même la main comme pour attraper une note particulièrement réussie.

– C'est bien ! Il va falloir travailler sur les paroles, maintenant.

– Non. Il faut un geste radical. Je veux un long morceau instrumental, électronique.

– Mais, buta Mélodie, aucune radio, aucun label, ne prendra le risque de diffuser ça !

– Tu m'as dit que je pouvais écrire ce que je voulais.

– Il y a des limites !

Je n'étais pas d'accord. Ce qui m'importait, c'était la singularité du projet. Les chansons n'étaient pas moins sincères ni moins intimes, parce qu'elles étaient muettes.

– Tu as autre chose à me faire écouter ?

– Non.

– On ne va pas se gâcher la soirée, on en reparlera demain, dit-elle en remontant la couette et en prenant ma réponse pour de la mauvaise foi.

Nous ne fîmes pas l'amour ce soir-là. Et nous ne reparlâmes jamais de cet épisode. J'étais blessé par sa réaction. Vexé qu'elle n'ait pas cherché à mieux comprendre ma démarche. Floué aussi. Où était passée la femme qui m'avait promis de m'aider à explorer une œuvre surprenante et qui n'appartiendrait qu'à moi ? Je décidai pourtant de ravaler mon orgueil. Les choses allaient s'arranger, j'en étais sûr, elles ne pouvaient pas mal tourner si vite.

La saison estivale est parfois plus courte qu'on ne l'espère. Le soleil brille, il éclabousse les enfants nus sur le bord du lac. Puis la bourrasque, idiote, pernicieuse, déboule et charge l'atmosphère d'une foudre sourde et discrète. Rien de perceptible, un agacement reculé, délaissé, solitaire. Une colère. Une boule qui s'installe dans l'abdomen. Une frustration. Un frisson que chacun tente de dissimuler comme il peut.

Voilà où nous en étions deux mois plus tard lorsque nous sommes sortis au café-théâtre. Un nouvel espoir de la pop, que Mélodie souhaitait produire, se donnait en concert. Ma femme semblait conquise d'avance. Moi pas. Sur l'affiche déjà, le bellâtre me paraissait ridicule : cheveux longs bouclés, filiforme, look féminin, charisme d'huître.

– Viens, on rentre, rechignai-je.

– Puisque je te dis que ça va être bien, fais-moi confiance ! Et puis ça fait longtemps qu'on n'est pas sortis tous les deux…

– Allons au restau, on pourra discuter, au moins !

– Tu as quelque chose à me dire ? répliqua-t-elle en s'immobilisant froidement.

Mélodie, voyant qu'elle m'avait brusqué, tenta de se rattraper :

– Je t'ai dit que je venais pour le boulot. Il est doué, je ne veux pas passer à côté.

– Il est coiffé comme une chèvre ! dis-je, le doigt dressé vers l'affiche.

– Rentre, si tu veux !

– Non.

– Alors tais-toi, conclut-elle tout sourire, en saluant une connaissance au loin.

Quand bien même les paroles étaient poétiques et que c'était la première fois du chanteur sur scène, j'avais décidé de gâcher la soirée en n'aimant rien ; j'enchaînais les bières tout en pointant ses faiblesses. Il faut dire que l'artiste me facilitait la tâche. Il interprétait une chanson romantique en abusant d'un vibrato emprunté et insupportable. À côté, Mélodie se tenait au bord des larmes – ce qui m'enrageait d'autant plus.

– Il a la voix de ses cheveux ! lui dis-je sur un ton chevrotant.

Mélodie me fit signe de me taire, avant d'applaudir avec outrance à la fin de la chanson. Le faisait-elle exprès pour me provoquer ? Peut-être. Et comme la chèvre n'était pas sourde, elle entendit l'exclamation de ma femme.

– Oh là là, il y a des fans dans la salle. Merci Paris, c'était ma dernière chanson !

Ces deux phrases, toutes faites, risibles et rebattues, me prirent tant au dépourvu que je ne parvins pas à contenir un rire gras et moqueur. La sanction tomba tel un couperet.

– On se retrouve à la maison. Je vais le féliciter dans les loges.

Je pris la proposition pour une tentative d'éloignement.

Sur le trajet du retour, la jalousie me travaillait. Et si Mélodie rejouait son numéro de charme avec tous les chanteurs qu'elle souhaitait produire ? J'eus froid dans le dos à l'idée qu'elle puisse déclamer les mêmes mots et user des mêmes ruptures de ton qu'avec moi.

L'hypothèse me parut bientôt absurde, deux mois à peine après notre mariage. Je continuai donc mon chemin… À nouveau l'angoisse me monta à la gorge. Et si c'était à cause d'un autre que notre relation s'était subitement distendue ? J'opérai un demi-tour pour en avoir le cœur net. Au café-théâtre, je montai les marches donnant vers les coulisses. Aucune trace de Mélodie. Au bar, non plus. Un serveur finit par m'indiquer qu'elle était rentrée chez elle. Je me sentais ridicule, je m'étais inquiété pour rien.

Sur le chemin de mon appartement, j'entendis une voix familière sous un porche. Mélodie et l'apprenti chanteur féminin à la voix de chèvre s'enlaçaient langoureusement. Humilié, je la tirai par le bras vers la maison. J'appris dans le taxi qu'elle l'avait rencontré deux semaines après notre mariage et qu'ils avaient déjà couché ensemble.

Mélodie alla dormir tandis que je restai à boire du whisky dans le salon. Je me répétai à voix de moins en moins basse qu'elle m'avait bien humilié. Ces scansions me firent réaliser peu à peu l'ampleur de la trahison dont j'étais victime. De rage, je lâchai mon verre par terre.

– Qu'est-ce que je t'ai fait pour mériter ça ?

Satisfait par l'explosion retentissante, je me levai pour en attraper un deuxième.

– C'est parce que tu n'aimes pas mon morceau ?

Un troisième verre.

– J'ai les cheveux trop lisses ?

Un vase.

– Je n'ai pas un assez beau vibrato ?

Alertée par les bruits, Mélodie tenta d'empêcher la destruction totale de l'appartement. Trop tard, j'étais lancé. Les lampes, les vases, les pots en cristal, les photos encadrées. Le verre brisé recouvrait maintenant le sol sombre de diamants lumineux – ce qui ne semblait pas susciter pour autant chez Mélodie un choc esthétique. Et comme elle restait trop calme à mon goût, je décidai d'ouvrir la fenêtre afin de me jeter par-dessus bord. Elle se précipita juste à temps pour m'en empêcher, me rappelant au passage que j'habitais au rez-de-chaussée. Je me débattis vivement. Mais elle m'enroula de ses bras-camisoles, jusqu'à me plonger sous une douche glaciale.

Une fois calmé, en pyjama, et de retour sur le canapé du salon, je la quittai.

Je mis plusieurs jours à mesurer la profondeur de ma peine. À l'humiliation du cocu, ajouter le regret d'avoir si mal choisi mon épouse, et celui, douloureux, d'avoir repoussé Violaine à Roubaix. Paradoxalement, pourtant, je ne sombrais pas. Je restai dans un état de nervosité qui m'incita bientôt à recontacter Violaine.

– Tu as raison, mon morceau n'était pas à ta hauteur. Je t'aime encore. Je n'ai jamais cessé de t'aimer. J'ai l'impression d'être mort à quatorze ans lorsque j'ai échoué à t'embrasser. Et depuis, que tu le veuilles ou non, si je compose, c'est pour toi. Pour me racheter. Pour m'excuser. Pour me hisser au niveau de ton regard.

Je répétais ma déclaration devant la glace, dans ma voiture, direction Roubaix, sous des trombes d'eau. Je m'encourageais, chemise blanche et cravate au cou, bouquet de roses sur la banquette.

Nous aurions une discussion constructive et nous nous pardonnerions, j'en étais persuadé. Violaine me comprendrait et nous reprendrions l'histoire là où nous l'avions arrêtée.

Rien ne se passa comme prévu. En lieu et place de Violaine, je trouvai Julien chancelant d'ivresse. Nous fûmes autant surpris l'un que l'autre de nous retrouver face à face. Julien sembla même se demander un instant si les roses lui étaient destinées. Il rougit. Une gêne s'installa entre nous, ravivant le souvenir de cette soirée parisienne et de son geste avorté.

– Violaine n'est pas là ? osai-je, penaud.

Julien se reprit tout de suite. Non, Violaine s'était absentée pour la semaine, lui déléguant ainsi la gestion de la maison et des enfants.

– Tu veux rentrer ? Je prends l'apéro avec Benoît, il est revenu d'Inde ce matin… Je te préviens, on a fêté ça !

Je ne trouvai rien de mieux à faire que d'accepter la proposition de Julien.

Sur le chemin de la cuisine, Julien me remercia. Depuis que j'avais passé cette soirée avec Violaine, leur couple allait mieux, prétendait-il :

– C'est étrange, quand même, le mariage. Tu penses te marier avec la personne que tu as choisie, et puis non. Elle change, et toi aussi tu changes ! Avec le temps, je découvre qu'il y a plusieurs mariages en un. Certains sont heureux, d'autres moins. Mais si on abandonne aussi facilement, alors quoi ?

Ses mains tremblaient légèrement en servant l'apéritif. Julien semblait lutter contre quelque chose de plus grand que lui. Il évoquait le mariage comme une forteresse à défendre contre une menace invisible. Avec le recul, je crois qu'il se débattait, surtout, contre la panique qui régnait désormais à cause du sida.

– Ce qu'essaye de dire Julien, c'est qu'il est resté fidèle à Violaine ! conclut Benoît en m'embrassant.

– J'avais compris ! lui répondis-je du tac au tac.

– Et maintenant ça y est, le meilleur est à venir ! sourit Julien en débouchant une bouteille. Violaine est partie faire des repérages. On va acheter une maison secondaire en Bretagne !

Je feignis d'être heureux pour eux, mais ses gestes approximatifs suggéraient que leur bonheur n'était pas si joyeux.

– J'ai toujours pensé que c'était une bêtise de lier le sexe à l'amour, philosophait Benoît à côté. Sinon quand le désir s'en va dans un couple, on pense qu'il faut se séparer. Alors que ça n'a rien à voir.

– Qu'est-ce que tu connais au couple, toi ? répliqua Julien.

– Rien.

– Alors pourquoi tu dis ça à Élias ?

– Parce qu'il aspire au grand amour depuis toujours. Ce soir, il est venu nous dire que ça ne va pas.

Julien me jeta un regard inquiet qui vira à la désolation lorsqu'il constata les larmes qui perlaient au bord de mes yeux. Son masque d'homme établi vacilla tandis que j'explosai en sanglot.

Ivre à mon tour, je leur racontai la fin tragique de mon histoire avec Mélodie. Non sans emphase. La scène du porche, les bris de verre, la tentative de suicide – j'omis le détail du rez-de-chaussée, pour donner plus de force à mon récit. Je ne leur dis rien des tracas intérieurs que Violaine me causait. Mais je pleurai sur mon sort. Je n'avais pas quarante ans et ma vie ressemblait à un naufrage.

– La vérité, c'est que Mélodie m'a jeté quand elle a vu que je ne lui donnerais pas la musique qu'elle attendait.

Julien posa sa main sur mon épaule pour me réconforter.

– Tu as le cœur brisé, c'est normal. Nous, on t'a vu débuter. Aujourd'hui, tu vis de ta musique, c'est génial ! Les gens aiment ce que tu fais, ils t'écoutent… Tu continueras, avec ou sans elle.

Une fois que mes pleurs se tarirent, Benoît me prodigua quelques conseils :

– Tu dois apprendre à être plus égoïste.

Je le regardai sans comprendre.

– Je sais ce que tu penses… si tout le monde était égoïste, ce serait l'enfer sur terre ! C'est l'inverse qui se produirait, selon moi. Si tu ne faisais que ce qui est bon pour toi, ce qui te plaît, ce qui te nourrit à l'intérieur, tu serais plus heureux et tu irais mieux.

Je ne voyais toujours pas où il voulait en venir, mais je le laissai continuer.

– Tu n'as rien à sacrifier de toi, à personne. Car là où il y a sacrifice, il y a forcément quelqu'un qui profite de toi. Regarde ! On n'a pas arrêté de nous rabâcher que les choses qui nous font du bien sont des péchés. Le sexe, le confort, le plaisir, l'argent… Tout ça pour quoi ? Pour atteindre un prétendu bonheur plus grand, plus tard ; au paradis, c'est complètement con ! On doit apprendre à être heureux ici. C'est ton droit, Élias, c'est ton devoir aussi. Et pour être heureux, tu dois apprendre à ne dépendre que de toi.

Ça me semblait facile à dire, ivre autour d'un gin, mais bon sang ce que ça me paraissait abstrait ! Comment pouvais-je être heureux à cet instant ?

– Souviens-toi de ton rêve. Tu es increvable !

Apprendre à être heureux ici. Ne dépendre que de soi. Depuis l'après-midi passé avec Benoît, cette discussion me trottait dans la tête. N'ayant rien de stable dans ma vie, finir par penser que mon ami pourrait me servir de modèle. Alors pendant des mois, je tentai désespérément de fuir ma douleur. Je pris toute la drogue qu'il était possible de prendre, dansai jusqu'à l'épuisement, multipliai les rencontres : je fis tout pour effacer les blessures laissées par Violaine et Mélodie.

Si je paraissais plutôt convaincant les premiers mois, mon aigreur et ma douleur ne tromperaient bientôt plus personne. Sans le réaliser, je sombrais dans une noirceur inédite. Une version déformée de moi-même. J'abandonnais avant d'être abandonné. Je refusais de coucher deux fois avec les mêmes filles et il était hors de question de passer plus qu'une nuit avec elles, c'était trop risqué. L'exact opposé de l'effet escompté. Avais-je mal compris la philosophie de Benoît ou ne m'allait-elle tout simplement pas ?

Mes économies fondaient et les dettes s'accumulèrent. J'étais devenu comme ces personnages de romans russes qui empruntent à l'un pour pouvoir rembourser l'autre. Bientôt, j'échouai à payer les factures d'électricité et je me surpris à voler dans les magasins. Durant cette période pourtant, je continuai à travailler sur mon morceau. Je voulais trouver un style qui fasse fi de mes références. Réparer ma vie avec des chansons. Capter une harmonie capable de réconcilier les fastes et les blessures.

Bleu bizarre demeurait le seul objectif de ma vie. Le seul lien qui me retenait encore à Violaine – je ne me sentais pas d'en cultiver d'autres, puisque, d'après Julien, son couple allait mieux. Mais mes compositions n'avaient ni queue ni tête, ni paroles, ni refrains ; je m'entêtais dans une voie sans issue, qui ne séduisait d'ailleurs personne. Ni dans l'industrie de la variété, ni dans le milieu de la musique expérimentale. Et mon art, c'est vrai, était hermétique. Je jalousais le poulain chevelu de Mélodie dont la carrière brillante s'affichait désormais partout (dans la rue, à la radio, à la télé). Ses tubes mièvres et légers me dégoûtaient. Seules les bandes originales de Bernard J., dont j'avais entre-temps dévoré tous les films, me consolaient par leur singularité. Je fonçais droit dans le mur, et sans surprise, le mur ne se déroba pas.

Une nuit au Palace, je fis la rencontre de deux jeunes femmes. La célèbre boîte était à la mode à cette époque. Trois étages, trois bars, des loges le long du balcon et une mise en scène hallucinante. Trois lasers, uniques à Paris, fendaient l'obscurité. Une boule de néons suspendue à dix mètres s'agitait au-dessus des danseurs. Et un rideau sur la scène s'ouvrait pour dévoiler d'immenses sculptures mouvantes, divinités égyptiennes aux bras tendus. Nous y croisions le Tout-Paris dans une atmosphère libérée et bon enfant. La French Touch réinventait la house music et ce soir-là, nous tenions à repousser les premiers rayons du soleil jusqu'à la nuit d'après. Mais le jour reprit ses droits lorsqu'un homme m'attrapa par le col. Une des filles essaya de le dissuader de me frapper avec un « Non, Dominique ! ». Le coup partit et m'envoya au tapis.

– Ça t'apprendra à désirer la femme d'un autre.

Le couple se volatilisa, la seconde femme aussi. J'essayai de me relever sans en trouver la force.

– C’est joli ton œil, on dirait un Pollock, murmura Violaine, espiègle. C’est presque mieux comme ça !

– Ne te moque pas, ça fait mal, lui dis-je en me retenant de rire.

Violaine se déplaça pour m’admirer de profil.

– Ça a un petit côté clown aussi. Ou Ziggy Stardust !

– Tu regardes le bon côté, là.

Violaine mit sa main devant la bouche, hilare, et s’effaça lentement.

Trois jours après la bagarre, je me présentais au studio de Bernard J. Il avait fallu ces quelques mois de latence – et ce poing dans la gueule – pour reconnaître que Violaine avait eu la bonne intuition. Je consentais désormais à faire de lui ce qu'il était, un maître auprès de qui apprendre.

Situé dans une vieille maison de Montmartre, l'homme de soixante ans, tiré à quatre épingles, ouvrit la porte avec vigilance et prit peur en apercevant l'œil violet qui était le mien.

– Oui, ça fait peur à voir comme ça, mais je ne vous veux pas de mal, au contraire. C'est une amie qui m'a fait découvrir votre travail !

Bernard J. restait figé, la main crispée sur la poignée.

– J'aime beaucoup cette façon que vous avez d'écrire des thèmes très simples… à la première écoute, je veux dire !

Le compliment était curieux. Bernard J. me claqua la porte au nez.

J'ignorais qu'au coin de la rue, Anne observait la scène. Une jeune femme aux yeux vert amande et à la gentillesse gravée sur le visage. Anne me raconterait bien plus tard avoir été touchée par ma maladresse ce matin-là.

– Tu le priais de te recevoir, tu étais prêt à tout !

Sur ce point, Anne avait raison. À l'époque, Bernard J. n'était pas du tout disposé à la discussion. « Ce n'est pas une clinique psy ici », disait-il. Des problèmes, il en avait bien assez comme ça. Et de toute façon, aucune place n'était à pourvoir, il avait déjà un assistant.

Ce jour-là, Anne, prise d'une pitié soudaine pour moi, s'approcha et révéla à Bernard J. qu'elle venait de recevoir un coup de téléphone de l'employé en question.

– Il ne viendra pas aujourd'hui.

– Pourquoi ? s'enquit le maître en ouvrant à nouveau la porte à demi.

– Toujours la même histoire, soupira Anne.

Bernard J. n'en demanda pas plus tant c'était évident. Selon lui, la fainéantise gangrenait la jeunesse.

– Peut-être qu'on pourrait entendre Monsieur Loizeau ? osa-t-elle.

Bernard J. accepta l'idée d'un essai.

– Je vais vous parler franchement, me dit Bernard J., après m'avoir écouté jouer. Vous n'êtes plus tout à fait jeune et vous avez pris de mauvaises habitudes.

Je craignais le pire.

– Il y a beaucoup de travail. À vous de savoir si vous avez l'énergie de devenir mon assistant.

J'étais prêt.

– Alors commencez par ranger la réserve, ajouta-t-il comme s'il voulait vérifier que mes paroles rejoignaient mes actes. Et il faudra arrêter de boire aussi, ça empeste.

Je levai ma main pour promettre, oscillant entre la satisfaction d'avoir franchi une étape et la gêne d'avoir été démasqué.

Vierges ou raturées, volantes ou reliées, plus ou moins entassées dans des cartons : les partitions pleuvaient par centaines. Ranger la réserve se révéla être un exercice digne des écuries d'Augias. Paradoxalement, il s'avéra plus fascinant que fastidieux. Mon attention se portait tantôt sur un morceau avorté, tantôt sur une archive que je prenais comme un indice pour reconnaître le film dont elle témoignait.

Perdu au milieu de centaines de feuilles, je philosophais. Bernard J., je le pressentais, allait être important pour moi – même si son art n'était souvent perçu que comme un artisanat. On se souvient d'un acteur, pensais-je à tort, d'un cinéaste dans le meilleur des cas, mais rarement du compositeur de la bande originale. Peu importait. Je voulais apprendre avec Bernard J. comment toucher le cœur des autres.

– Vous avez faim ?

Je sursautai lorsqu'Anne apparut dans le cadre de la porte. Quelle heure pouvait-il bien être ? Étions-nous encore aujourd'hui ou déjà demain ? Je n'en savais rien et j'étais loin d'avoir fini. Dans ses mains des assiettes, deux saucisses purée affriolantes.

– C'est pour vous.

Il ne fallait pas me le dire deux fois.

Anne s'assit sur le bord du carton que je venais de vider, son regard s'attardant sur mes mains, tandis que nous mangions.

Elle me raconta comment elle avait vu débarquer les plus grands cinéastes au studio : Spielberg, Truffaut, Godard. Chaque mot, chaque geste, trahissait sa passion. Elle accompagnait Bernard J. depuis onze ans. Elle avait atterri là à la sortie du lycée et n'avait pas bougé depuis. Elle était en charge des contrats, de la correspondance, des cafés, des choses qui permettent à l'artiste de créer. Avait-elle un jour songé à composer elle-même ?

– Non, je suis nulle ! répliqua-t-elle, horrifiée.

Je me dis qu'il était chanceux, ce Bernard J.

– Oh il a aussi ses défauts.

– Il est exigeant, j'imagine.

– Disons qu'il a parfois tendance à un peu trop bien s'entendre avec ses assistants.

– Il aime les garçons ! répliquai-je, rassuré. Ce n'est pas un crime !

Anne ne parut pas tout à fait apaisée par ma réponse. Soudain, son visage s'éclaira d'un sourire énigmatique, comme si une idée venait de lui traverser l'esprit. Elle se leva et me proposa de la suivre.

Au bout d'un long couloir, elle ouvrit une porte qui laissa apparaître une centaine d'instruments dans un studio vétuste. Une grande réserve tombée en désuétude. Une merveille de raretés. Une déambulation hallucinante entre les percussions, les maracas, les guitares, la harpe, les trompettes, les violoncelles, deux instruments plus rares, un cymbalum et un marimba. Je m'approchai de cet étrange xylophone dont j'ignorais tout. Anne me confia qu'il était son instrument préféré :

– À l'origine, il vient d'Afrique, mais on en trouve beaucoup en Amérique latine.

– C'est beau !

– C'est un modèle très spécial. Regardez ces lames en bois ! Elles produisent des notes particulièrement chaleureuses, j'adore, ponctua-t-elle avec un sourire. Même si Bernard trouve que je suis ringarde !

Impossible de résister plus longtemps, je saisis une mailloche pour faire jaillir le son si unique dont elle vantait l'étrangeté. Des vibrations rares et enveloppantes.

La Seine est toujours plus belle de nuit. Les lumières se reflètent, les silhouettes scintillent, se dupliquent et les idées cachées s'épanouissent. Sur le chemin du retour, Violaine occupait mon esprit. Je brûlais de lui raconter la folle journée qui avait été la mienne et combien elle avait eu raison de m'initier au travail de Bernard J.

– Je sais, il a fallu du temps pour que je m'en rende compte.

– Chacun son rythme, m'aurait-elle répondu, touchée par la délicatesse de mon appel.

Après tout, c'était vrai. Mon embauche était une parfaite excuse pour renouer. Pas pour la séduire, mais lui parler. Lui dire en creux que je pensais à elle, que je suivais ses conseils, qu'elle me guidait et que si l'amour n'était pas possible entre nous, j'étais quand même digne d'affection, et pourquoi pas d'amitié.

Je lui aurais décrit l'entretien d'embauche, le bonhomme, les spécificités de la réserve, les dizaines de partitions mythiques : Violaine aurait tout voulu savoir.

Puis, en entendant mon récit, elle m'aurait avoué qu'elle m'écrivait une lettre.

– Pour moi ? me serais-je exclamé.

– Oui. Je l'ai tournée cent fois dans ma tête, mais je n'ai jamais trouvé les mots qui conviennent pour te l'envoyer. Tu sais, je suis consciente que je te dois des excuses, Élias.

Et elle aurait continué, avec empathie :

– Julien s'inquiétait. Il m'a raconté ton état lorsque tu as débarqué à Roubaix...

Elle aurait laissé planer un silence, avant de poursuivre.

– Sache que je suis désolée que ça n'ait pas marché avec Mélodie. Si je n'ai pas trouvé la force de te l'écrire, j'ai beaucoup pensé à toi.

J'aurais été surpris d'entendre tout ça, ça m'aurait fait du bien. Et comme pour sonder son état d'esprit, je lui aurais demandé où elle en était de sa recherche de maison secondaire en Bretagne.

– Julien t'a dit ? On n'a pas encore trouvé, aurait-elle ajouté, sans que je puisse parvenir à déchiffrer ce que cela signifiait de leur relation. Et un nouveau silence aurait rempli tout l'espace sonore.

– Mais, ça va ? aurais-je poursuivi en espérant qu'elle me lance : Non, tu sais bien que je t'aime Élias et que je t'attends.

Or, la vérité, nous la connaissons, elle aurait répondu juste « Ça va ». Et ce « Ça va », je n'aurais pas été en mesure de l'entendre. Voilà pourquoi en rentrant chez moi, je ne contactai pas Violaine. Pour chérir encore l'illusion d'une relation avec elle.

Dix-huit mois plus tard, le travail m'avait tout pris. Il avait comblé les interstices et les fissures. Je ne faisais plus la fête. Je ne buvais plus. Je menais une vie de grand sportif, ou de moine. Coucher tôt, lever tôt, régularité de métronome, quatorze heures par jour.

En 1986, j'avais trente-six ans. Mon ventre s'emmêlait, se nouait et devint de plus en plus douloureux. Du matin jusqu'au soir. Puis du soir au matin. Les nuits pleines et entières s'interrompirent, elles se hachèrent, jusqu'à blanchir tout à fait.

Traits tirés, cernes sous les yeux, cheveux gris : la pression s'accentuait à mesure que je me dévouais à Bernard J. Un jour, une comédie, un autre un film d'horreur ou un drame. Je ne composais aucun thème. Je transposais les créations du maître pour chaque musicien de l'orchestre. Un boulot monstre. Une tâche de technicien qui n'était pas considérée comme un travail d'auteur. Les arrangements s'accumulaient souvent à la dernière minute et le studio ressemblait davantage à une usine qu'à un atelier d'artiste.

Anne veillait au grain. Du haut de ses trente et un ans, elle gérait le studio d'une main de maître, avec un professionnalisme qui forçait mon admiration. Elle triait, rangeait, cuisinait, filtrait les appels ou les visites, surveillait les délais et les livraisons. Anne savait mieux que nous-même ce dont nous avions besoin. Sa maturité me troublait souvent. J'avais cinq ans de plus qu'elle, mais je me sentais comme un enfant à ses côtés.

Pour lutter contre mon teint livide, elle me préparait toutes sortes de breuvages ou de plats censés tonifier ceci, repulper cela. Elle ménageait mon moral en déposant des gâteaux sur le piano. Elle officiait de façon si simple et flegmatique qu'elle ne paraissait jamais dépendre de nous. Pire, sans sa présence, ses attentions ou son dévouement, nous n'étions plus rien. Anne ne supportait en revanche aucun caprice. À la moindre absence de politesse, une telle agressivité l'envahissait que nous nous excusions à la minute.

L'autre qualité d'Anne était la sincérité. Je me souviens par exemple d'un soir où, ne parvenant pas à transposer les intuitions mélodiques du maître en un arrangement solide pour orchestre, je pleurais de désespoir :

– Une partition joyeuse pour un film d'horreur, quelle idée !

– Tu enrages, mais finalement, tu y arrives toujours.

– Franchement, c'est dur. Je n'ai plus de temps pour moi, plus d'amis, pas de famille. Et quand je compose, c'est Bernard qui en profite.

– Reprends un peu de gâteau, dit-elle en me tendant la part à laquelle je n'avais pas touché. C'est une période. Tu progresses, je le vois bien d'où je suis, c'est impressionnant.

Je levai les yeux vers Anne, sa phrase me réconfortait.

– Mais tu peux être plus simple, continua-t-elle.

Comme je ne voyais pas où elle voulait en venir, elle poursuivit :

– Ta musique est subtile, c'est merveilleux. Mais parfois tu t'embourbes et tu nous perds. Tu permets ? demanda-t-elle avant de s'installer à côté de moi.

Elle frôla mes doigts sur le clavier, attendit que je me décale pour prendre place sur le tabouret. Anne joua lentement les premières mesures, s'arrêta sur une note, pencha la tête pour mieux en écouter l'écho.

Je restai bouche bée. N'était-ce pas elle qui, quelques mois plus tôt, m'avait assuré qu'elle était nulle en musique ?

– Tu entends ? me demanda-t-elle. Tu multiplies les constructions alors que tout est déjà là.

Elle reprit depuis le début, cette fois, les notes superflues disparaissaient une à une.

– On se perd parce que tu crains le silence, murmura-t-elle. C'est dans ses vides que la musique respire.

Elle me fit rejouer mon morceau et préconisa d'achever le dernier système par l'accord qui l'avait débuté. Elle coupait ainsi une partie importante de mon travail. Elle avait raison, c'était plus fort.

Avec Anne, notre relation ne basculait jamais dans l'intime. C'était comme un pacte de non-agression. Nous ne voulions pas justifier nos déserts affectifs. Nous nous savions célibataires et nous ne voulions pas paraître intrusifs l'un envers l'autre.

Voilà une situation qui illustre la pudeur qui était la nôtre :

Quelques jours après m'avoir aidé à résoudre l'énigme musicale du film d'horreur, je trouvai Anne en pleurs. Elle venait d'achever la lecture d'un scénario qu'elle avait reçu et dont il fallait décider si Bernard J. allait en composer la bande originale. Lorsqu'elle m'aperçut, elle sécha ses larmes. Le flot de son chagrin était si fort qu'elle avait déjà les yeux rouges et le chemisier imbibé. Je voulus l'écouter et la consoler… elle coupa court, les yeux dissimulés par ses poignets.

– Ces foutues allergies !

Elle se leva d'un bond et remit le scénario dans la bannette prévue à cet effet. Une fois Anne disparue, le titre de l'ouvrage attira mon attention : *Les Ambitions corrigées*. Curieux de savoir ce qui l'avait fait pleurer ainsi, je me mis à le feuilleter. Le charme opérait et je fus moi aussi transporté.

L'intrigue évoquait un amour impossible dans le New York corseté des années 1870. Un homme échoue à déclarer ses sentiments à la femme qu'il aime avant son mariage. Chaque ligne, chaque réplique, chaque événement, tout parlait de moi, de ce que j'avais vécu, de ce que je vivais !

L'envie irrépressible d'en composer la musique me saisit. Et peu importait s'il était trois heures du matin, je me levai, tirai le marimba jusqu'au studio, posai le script sur le pupitre et saisis les mailloches. D'abord péniblement. Après plusieurs heures de recherches harmoniques – et à mon grand étonnement – une variation de *Bleu bizarre* s'épanouit. Elle fut bientôt comme magnifiée, nourrie par le son même de l'instrument et par l'expérience gagnée pendant des années difficiles – dont je compris à cet instant qu'elles n'avaient existé que pour cela. Une vague, une transe, une libération, j'étais poussé par les souvenirs de mes amours déçues, par le mouvement refoulé de mon âme et par mon attirance pour Violaine.

Je composai la musique en une nuit seulement, sans effort, avec la sensation de naître enfin à moi-même. Sentir les vibrations. Comprendre le sens. Trouver enfin la pièce manquante, celle qui dessine les contours d'une vie et donne la cohérence à l'ensemble. Une certitude sans orgueil. Une assise. Une sensation absolue. Un morceau pur et puissant. Diaphane et plein à la fois. Un son vibrant, parfait. Une secousse immense.

– Elle a de la chance celle à qui tu dédies ce morceau, déclara Anne au petit matin, ayant tout entendu de mon délire. Voulant prendre de l'avance sur sa journée, elle s'était glissée dans le studio et m'avait écouté travailler, tapie dans l'ombre.

– Tu étais là ?

Anne déposa un baiser sur ma joue en guise de félicitations.

– Ne te fatigue pas, j'ai compris. On est pareils toi et moi.

– Pas du tout, c'est le scénario que tu lisais hier qui m'a… lui répliquai-je en bégayant.

– J'aurais adoré qu'on m'écrive quelque chose d'aussi beau.

J'eus l'impression d'avoir été percé à jour. Comment l'avait-elle deviné ? Je n'en savais rien et je me pris à espérer : si Anne avait été touchée aux larmes, Violaine pouvait l'être aussi. L'émotion que j'avais su éveiller chez elle était la preuve que mon œuvre pourrait enfin atteindre Violaine.

Les jours qui suivirent, Anne semblait porter en elle une partie de ce que j'avais révélé cette nuit-là. Elle me regardait différemment, avec une tendresse presque complice. Un geste, un sourire. Des détails qui, mis bout à bout, dessinaient les contours d'une intimité que je n'avais pas anticipée. L'idée qu'elle pût se méprendre sur mes intentions me traversa l'esprit, mais je repoussai cette pensée. Si j'avais besoin d'elle, de sa présence rassurante, Violaine restait mon horizon.

Or cette fois, je ne voulais pas me faire avoir. J'attendrais d'avoir achevé le morceau avant de lui faire entendre. Et je devais d'abord convaincre Bernard J. de me laisser signer la musique, seul.

– Qui t'a demandé de toucher à ce scénario ?

– Personne.

Bernard J. ne décolérait pas. C'était lui, et lui seul, qui choisissait les nouveaux projets. C'était son privilège, son expérience, l'expression de ses désirs et de son intuition. Son nom et sa réputation en dépendaient. Bernard J. faisait les cent pas dans le studio en feuilletant le script avec mépris. Le projet lui paraissait manquer d'ambition, il regrettait l'absence de stars au casting et l'inexpérience du réalisateur qui signait là son premier film.

– Je sens que ça peut marcher, je vous assure, Bernard ! Et j'ai déjà une idée d'arrangement pour six musiciens.

– Ben voyons ! dit-il en pinçant ses lèvres. Et comment tu comptes t'y prendre ?

– Avec un ensemble de six marimbas.

– C'est ringard, les marimbas !

– Ça brouillera les époques, au contraire ! Ça donnera comme un vertige, ce sera superbe.

– Élias, me dit-il comme si j'étais dévoré par la folie. Même si on le voulait, on n'a pas le temps de la produire cette musique. On a cinq longs métrages sur le feu rien que ce mois-ci. Tu le sais, tu travailles avec moi. Regarde ta tête, tu es jaune !

– Mais puisque la musique est déjà composée !

– Tu vas te charger de l'enregistrement peut-être ?

– Pourquoi pas, dis-je avec aplomb, et j'ajoutai :

– Je suis chez vous depuis près de deux ans. Je n'ai pas compté mes heures, je vous donne toute mon énergie, mon temps, mes idées. Si j'ai fait tout ça, c'est pour devenir compositeur. Et je crois que ce jour est arrivé. Cette bande originale sera ma première œuvre digne de ce nom, il faut que vous me laissiez ma chance.

Bernard J. prit quelques instants de réflexion, laissa infuser, puis refusa une nouvelle fois.

Je le fixai droit dans les yeux en pensant que la personne qui m'empêcherait d'éclore enfin n'était pas née. S'approcher de lui, de plus en plus près, jusqu'à ce que la gêne l'incommode.

– Qu'est-ce que tu fais, murmura-t-il.

– Je veux m'occuper seul de ce film, affirmai-je en le frôlant.

La porte du studio s'ouvrit brusquement. Anne se tenait là, plusieurs partitions à la main, le regard sévère :

– Le producteur des *Ambitions corrigées* vient d'appeler. Il veut absolument rencontrer Élias.

Bernard J. se retourna vers moi, stupéfait.

– J'ai pris l'initiative, répondit Anne à ma place. Je lui ai fait écouter la composition, il a été emballé.

Après réflexion, le maître céda. À moi de diriger les marimbas et d'arranger la musique. Les interprètes face à l'écran. S'arrêter, rembobiner et recommencer autant de fois que nécessaire. Les six instruments révélaient leur étendue et donnaient au film l'épaisseur qu'il méritait. La naissance d'un compositeur, d'une fierté. Le rêve d'une vie. L'impression d'être enfin accompli.

Au loin, le producteur et Bernard J. échangeaient gaiement à voix basse. Anne, à côté, semblait fière et bouleversée. Elle m'invita à clore la journée autour d'un pot-au-feu. Je refusai. Un projet m'obsédait : écrire une lettre.

Chère Violaine, Cher Julien,
J'ai enfin composé une musique qui je crois, peut vous plaire ! Le film est remarquable et m'a tiré plusieurs fois des larmes. Si vous m'aviez vu lors du premier visionnage technique, je reniflais si fort que je vous aurais exaspéré !

Dans quelques jours, il y aura le mixage et les premières séances avec du public... On verra. Mais le producteur semble ravi et évoque déjà le Festival de Cannes. Vous imaginez ? J'espère que vous serez des nôtres à l'avant-première ! Vous le savez, votre avis a toujours compté pour moi.
Élias

Une dernière étape n'avait pas été mentionnée dans la lettre à Violaine et Julien : la projection presse. Mais tout le monde répétait qu'il s'agissait là d'une simple formalité, tant le travail fourni collectivement paraissait solide. J'avais cependant préféré retenir mon geste quelques heures encore, plutôt que d'envoyer ma lettre à la hâte. Et j'avais bien fait car le soir même, cette formalité se mua en épreuve.

– C'est quitte ou double ! m'avertit l'attachée de presse lors de la projection test. Cette sexagénaire à la voix d'outre-tombe désignait, en parlant, le producteur qui serrait chaleureusement la main des journalistes.

– S'ils aiment, la rumeur se répandra et on voudra voir le film avant la sortie officielle. Le producteur se transformera en requin. Il tordra le bras à tout le monde pour négocier plus.

– Plus de quoi ?

– De copies, d'argent, de salles… Il les tiendra par les couilles !

L'attachée de presse prononçait ces gros mots avec une intonation tonique, redoublant mon inquiétude à chaque phrase.

– Si ça déplaît en revanche, c'est la merde.

Lorsqu'il fallut entrer dans la salle, je n'en menais pas large. D'autant qu'en passant, Bernard J. m'avait attrapé le bras pour me chuchoter ces paroles d'un air gêné :

– Je n'ai pas eu le temps de vous prévenir, deux ou trois retouches techniques ont été nécessaires avant le tout dernier mixage hier. Je vous passe les détails, une dispute avec le réalisateur a éclaté et le producteur a dû trancher : pas de panique, ça arrive et ça ne change presque rien, j'ai réussi à éviter le pire, me dit-il *in extremis* avant que la lumière ne s'éteigne.

Le film avançait comme un train dans la nuit. Une salle médusée, cramponnée aux péripéties et à l'amour en train de se défaire. L'aigreur, l'orgueil et les conventions. Les commérages, les quiproquos et les engagements qu'on prend à la hâte. Sur l'écran, les protagonistes donnaient l'illusion d'un malheur dont ils ne pourraient bientôt plus interrompre le cours. Et moi je disparaissais dans mon siège. Des violons putassiers partout ! Un thème crescendo faisait l'aumône au spectateur : il lui réclamait des larmes. Une bande originale défigurée, amputée, évidée. Toutes ces années de travail, d'attente et de sacrifices. Pour quoi ? Pour être associé à une musique nulle.

Mais de quoi cette trahison était-elle la conséquence ? D'une dispute entre le réalisateur et le producteur, comme avait prétendu Bernard J. avant la séance ? Ou d'une jalousie refoulée du maître pour empêcher l'émancipation de son poulain ? À l'époque, les versions se sont contredites et personne n'osa prendre la responsabilité de la catastrophe. Je fus incapable de soutenir la vision de mon nom au générique : je m'évanouis, désœuvré, dans la foule parisienne.

Ironie cruelle : ce que mon oreille percevait comme un assassinat musical, le public et la critique le célébraient comme une révélation. Le long métrage connut, en effet, un immense succès critique et public, et je compris très vite que cette musique deviendrait mon boulet. Ravel détestait son Boléro qu'il qualifiait de « tissu orchestral sans musique ». Bernstein avait beau diriger les plus grands orchestres du monde, le public ne jurait que pour sa partition de West Side Story. Eux au moins l'avaient composée de A à Z.

Mon succès était une prise d'otage, un malentendu. Je le méprisais. Et je me méprisais d'en accepter les avantages qu'il m'apportait sur un plateau d'argent. Selon la presse, l'aspect « déconstruit » des marimbas et le caractère « imposant » des violons donnaient un ton « insaisissable » à la musique. L'article des *Cahiers du cinéma* persuada d'autres réalisateurs de travailler avec moi. En un an, je devins compositeur de musiques de film à part entière. J'avais quitté le studio de Bernard J. avec fracas, Anne m'avait suivi et nous tentions d'inverser le cours des choses, d'en reprendre la maîtrise. Mais le flot de fictions, de documentaires et de dessins animés devint incontrôlable. Chaque interlocuteur me demandait de composer une bande originale dans l'esprit de la première. C'était à prendre ou à laisser. La musique des *Ambitions corrigées* devint l'étalon. Trois ans plus tard, tout le monde finit par imiter ce qu'ils pensaient être du Élias Loizeau.

Impossible, dans ces conditions, de contacter Violaine. Peut-être avait-elle vu le film et sans doute était-elle arrivée à la même conclusion que moi : je m'étais vendu.

Impossible non plus de répondre aux messages de Julien. Ni au premier, ni au deuxième, ni au dixième mot de sa part.

L'alcool pour calmer le vertige. Les sillons sous les yeux, les poches. La peau épaisse et grasse. Le trop-plein de travail, de soirées. La fatigue sévère qui chahute les nerfs.

Ce soir de mars 1990 devait être l'acmé de ma carrière de musicien de cinéma. J'avais quarante ans et j'étais nommé pour la première et dernière fois aux César. La cérémonie se déroulait au Théâtre des Champs-Élysées. Moi, le fils d'ouvriers né à Roubaix, j'étais pétrifié. Près de vingt ans après avoir fui ma ville natale, je me sentais encore un imposteur, effrayé qu'on découvre la vérité sur mes origines. D'autant que la salle de l'imposant bâtiment art déco était remplie pour l'occasion. Il faut imaginer les milliers de spectateurs pour comprendre l'état d'inquiétude dans lequel je me trouvais…

Après avoir récupéré un costume prêté par la maison Dior, j'avais passé l'après-midi à boire pour masquer mon angoisse. Si bien qu'à vingt heures, quand mon chauffeur s'arrêta devant le théâtre, j'avais déjà le corps tremblant et l'esprit embrumé. Un tapis rouge recouvrait les marches et le trottoir. Une équipe de télévision, des agents de sécurité, la foule dispersée le long de deux barrières. Une ambiance festive et oppressante. J'eus à peine le temps de poser le pied sur le sol qu'une journaliste me tendit le micro :

– Élias, ce n'est pas une soirée comme les autres pour vous…

Terrifié, je ne trouvai rien à répondre, provoquant la gêne de la journaliste qui s'empressa d'enchaîner.

– Le film pour lequel vous avez composé la musique a fait pleurer la France entière. C'est un drame qui raconte un amour impossible ?

Après avoir acquiescé mollement, j'aperçus, derrière les barrières, Julien et Benoît, avec un large sourire aux lèvres, sans reproche pour mon silence des derniers mois, juste la fierté d'être là. Et la joie de me revoir.

Leur présence, d'abord lumineuse, se fit peu à peu déchirante. J'avais abandonné mes amis, m'éloignant des seuls témoins qui me restaient. Je m'étais réfugié dans ma médiocrité, derrière des excuses faciles.

– La tension se lit sur les visages ce soir. Restez avec nous, dans quelques minutes débutera la quinzième cérémonie des César.

Une migraine vrilla soudain mon crâne, comme un étau. Anne, elle aussi présente de l'autre côté des barrières, me fit signe de la rejoindre tandis que Julien et Benoît s'approchaient. Était-ce elle qui avait réuni tout le monde ?

– Ça va ? s'inquiéta Julien.

– Tu as bu ? renchérissait Benoît, détaillant chacun de mes gestes.

Je les regardai, impuissant, les yeux perdus, l'âme effarée. Les mots restaient coincés dans ma gorge. Anne me prit la main avec inquiétude.

– Je ne sais plus quoi faire, regretta-t-elle en s'adressant aux deux autres. Ça fait des semaines qu'il est comme ça.

Julien enjamba la balustrade et passa tendrement son bras autour de mes épaules.

– Viens, on va te passer la tête sous l'eau.

Deux agents de sécurité se précipitèrent vers Julien. La scène se figea un instant. Il protesta :

– C'est mon ami, il ne se sent pas bien !

– Monsieur, s'il vous plaît.

Je fus escorté à l'intérieur du bâtiment par deux molosses.

À peine relâché par la sécurité, je m'enfermai dans les toilettes pour descendre une fiole de whisky que j'avais soigneusement cachée dans la poche de ma veste. Le liquide brûlait ma gorge. Les secondes s'égrenaient, précieuses, volées.

– Monsieur Loizeau ? lança, quelques minutes plus tard, une voix grave, qui se rapprochait dangereusement de ma cabine. Mon cœur s'emballa. Je me figeai un instant – ce qui ne servit à rien. La voix s'immobilisa devant la porte puis la tête se faufila dans l'interstice du dessous.

– Il faut y aller maintenant.

– Non.

– Vous êtes chez les femmes.

Dans les couloirs, les murs tanguaient autour de moi. Le garçon me guida à travers le dédale jusqu'à la salle. Derrière lui, un serveur portait un plateau de champagne. Je vidai trois coupes d'affilée sous leurs regards médusés.

La cérémonie débuta pile à l'heure – elle était retransmise en direct sur Antenne 2. En plus des deux mille personnes présentes, elle était donc suivie par plusieurs millions de Français. Le piège se refermait. D'autant, qu'une fois installé à ma place, j'eus l'idée de ressortir ma fiole. À chaque montée d'angoisse, j'ingurgitais des gorgées avec une régularité de métronome, autant dire à chaque minute. Ce soir-là, toute la grande famille du cinéma défila sur les planches. On récompensa Gérard Philippe à titre posthume pour l'ensemble de sa carrière. Avant que ne vienne le temps de remettre le César de la meilleure musique. Les battements de mon cœur couvraient presque les applaudissements.

Lorsque mon nom résonna dans l'enceinte du théâtre, je ne l'entendis pas. Le temps s'était suspendu. J'étais loin de la terre, peut-être près de l'enfer, en tout cas à deux doigts du coma éthylique. Un tonnerre d'applaudissements me fit sursauter et revenir à la réalité. Je m'agrippai aux sièges, remontai l'allée longue, douloureuse et interminable. Je manquai de rater une marche en montant sur la scène. La maîtresse de cérémonie me tendit son bras. J'agrippai son poignet si fort qu'elle lâcha un cri de douleur – le bracelet sous ma main avait agi comme une tenaille.

Un silence assourdissant m'enveloppa. Je faisais face au pupitre sans pouvoir articuler le moindre mot – je n'avais rien préparé. Les quarante secondes qui défilèrent avant ma prise de parole m'ont semblé une éternité. J'étais obsédé par les caméras, les techniciens, les spectateurs ; j'eus le sentiment d'être un lapin pris dans les phares d'une voiture… Et lorsque j'ouvris finalement ma bouche pâteuse, mon haleine était acide et mes gestes désarticulés :

– J'ai beaucoup travaillé pour... dis-je en montrant le César et avant de laisser l'enfant en moi continuer :

– Mais je ne le mérite pas... Alors je voudrais dédier ce... César à tous ceux qui n'ont pas été capables. Ceux qui s'empêchent et qui... dessinent leur propre tragédie, dis-je en employant l'expression de Violaine.

À entendre l'intensité des applaudissements, je compris que la salle était émue. Les organisateurs, eux, trouvaient le discours long, et gênant.

– Je voudrais aussi vous dire que... c'est fini pour moi. J'arrête la musique. Je suis trop fatigué.

Après des Oh ! de surprise, je quittai la scène en titubant, évacué par la sécurité, avant de m'écrouler en coulisses. Je perdis connaissance.

Ce que j'apprendrais bien plus tard, c'est que ce soir-là, à des kilomètres de Paris, de l'autre côté de son téléviseur, Violaine suivait la cérémonie en direct. Le visage figé dans une expression d'effroi, elle se souvint de nos discussions et décida de monter dans sa voiture, direction Paris.

De ce qui suit, je n'en ai aucun souvenir. Le noir total. L'effacement complet. Deux infirmiers m'évacuèrent du théâtre avant que la cérémonie ne reprît. Dans l'ambulance, Julien, Anne et Benoît m'accompagnèrent à l'hôpital. Julien me tenait bien au chaud dans ses bras, il me caressait les cheveux, les tempes, la joue, comme autrefois, lorsque nous n'étions que des enfants. Il me chuchotait dans le creux de l'oreille : « Ça va aller, tu vas t'en sortir. »

Marc lui ressemble comme deux gouttes d'eau. Un épi, une fossette, une pudeur aussi. Il ne pleure pas, il est droit comme Julien. Le genre d'hommes qui n'étalent pas leurs sentiments, qui les gardent pour eux. Non pas par hypocrisie bourgeoise, juste pour vous laisser la place d'éprouver les vôtres. Marc a quarante et un ans aujourd'hui en 2019 et il est devant moi à l'église de Roubaix. Ce fils, devant lequel j'avais joué des années plus tôt, est au premier rang, à côté de sa sœur, à quelques centimètres du cercueil de son père, pour lui dire adieu.

Je fais un signe de croix près du défunt. Une dernière pause pour toucher Julien. Il n'y a plus d'épaule, plus d'oreille, plus d'ivresse qui désinhibe, plus personne à qui raconter ses rêves ; rien qu'une caisse en bois, clouée et mise sous scellé.

Lorsque je me redresse, je remarque que son fils m'observe. Je m'apprête à le prendre dans mes bras, Marc reste raide.

– Il faut qu'on parle après la messe, me dit-il fermement.

Je dis « D'accord », bien sûr, et je me demande si j'ai fait quelque chose de mal, avant de déguerpir pour laisser le prêtre finir son office. Et retomber dans le passé, en 1990.

Je m'éveillais au moment où le psychiatre me diagnostiqua un état dépressif sévère. Je refusai la proposition d'internement de quinze jours qu'il formula. La panique s'empara de moi. Je molestai l'équipe médicale – ce qui ne plaida pas en ma faveur.

– Monsieur, calmez-vous.

– Bande de nazis ! criai-je une fois ou deux en tentant d'étrangler l'un, puis l'autre. Ma rage était sans limite. Les infirmiers échangèrent un regard et m'administrèrent du Valium.

– Non, pas de piqûre s'il vous plaît !

Mais après les insultes et la violence, ma parole ne valait plus rien. Ma tête commençait déjà à valser. Je tentai un dernier « Noooon » en croisant le regard paniqué d'Anne, puis je sombrai. Le médecin évoqua alors un internement de force. Julien et Benoît, qui n'avaient rien trouvé de plus malin que de lui relater « la tentative de suicide » que j'avais faite devant Mélodie par le passé, acceptèrent la proposition du docteur. De quinze jours choisis, je passai à vingt-huit jours de repos forcé.

Violaine fit irruption à l'hôpital comme une tempête. Trouvant l'idée d'internement ridicule, elle insista auprès du docteur pour me parler. Le médecin refusa avec fermeté, jugeant mon état trop faible. Anne observait Violaine avec scepticisme, Julien avec surprise :

– Tu es venue ?

Violaine répondit d'un geste de main : ils auraient cette discussion plus tard.

– Il est où, dans quelle chambre ?

– Il a besoin de repos, insista le psychiatre.

Elle força le passage et commença à ouvrir plusieurs portes.

– Madame !

Le médecin fit signe aux infirmiers de partir à la recherche de Violaine évanouie dans les couloirs.

Violaine dénicha ma chambre avec un peu d'avance et me prit dans les bras, persuadée qu'elle pourrait me sortir du long sommeil qu'avait été ma vie. Son parfum m'enveloppa, familier et lointain à la fois.

– Oh ce que je regrette ! Il ne faut pas que tu arrêtes la musique, je t'aime si fort, je t'aime plus que tout, dit-elle alors que l'équipe médicale entrait dans la chambre pour la faire sortir. Violaine m'embrassa vigoureusement, elle me secoua :

– Tu m'entends ?

De cette nuit-là, je ne me souviens de rien. Si ce n'est d'un son pur et puissant. Le même que dans ma jeunesse, le même que dans mon rêve. Un son diaphane et plein à la fois. Un son vibrant, parfait. Une secousse.

Lorsque je repris connaissance, je crus voir Violaine à mon chevet. Illusion. C'était Anne. Et quand bien même la gentillesse et la compassion illuminaient son visage, j'étais déçu.

– Tu es à la clinique. Tu es ici pour te reposer.

Mal de crâne, vision floue, nausée : ça tanguait.

– On a cru qu'on n'allait pas te revoir, me confia Anne, soulagée.

La chambre était spacieuse, calme, mais le soleil m'éblouissait, redoublant mon mal-être. Sur la table près de mes perfusions, j'aperçus bientôt mon César posé sur un petit meuble quelconque. La honte m'étreignit, et la soirée me revint comme un coup de massue. Je tentai de me cacher sous la couverture avec l'envie furieuse de mourir. Je demandai alors à Anne un peu de vin, de bière, de whisky. Elle refusa.

– Tu es en sevrage.

– J'ai soif ! poursuivis-je sous les draps.
– Ce n'est pas possible.
Je me mis en colère et voulus la mettre dehors. Anne rit avec tendresse :
– Tes petites crises ne m'impressionnent pas.

Deux coups secs résonnèrent à la porte de ma chambre. Un infirmier apparut avec un immense bouquet dans ses mains. Anne sortit dans le couloir. L'infirmier désigna une femme assise dehors. C'était Violaine, qui attendait de me voir depuis des heures. Anne plissa les sourcils. Et en récupérant le bouquet, elle découvrit une carte manuscrite coincée dans les feuillages.

Mon Élias,
Je suis tout de suite venue à toi, mais tu n'étais pas en état de m'entendre. Et maintenant, ils ne me laissent plus te voir ! L'autre soir devant ma télé, j'ai tout compris. Cette peine qui t'accable et qui t'empêche depuis que tu es petit, je peux t'aider à la surmonter. Ce n'est pas ta faute, tu n'es coupable de rien !
Ces quelques fleurs pour te dire que je suis avec toi. J'espère qu'elles t'enlèveront un peu de ta douleur.
Je t'embrasse et je t'attends.
Violaine.

Anne lut le mot, puis jeta un œil dans ma chambre. Je m'étais endormi. Anne glissa alors la carte dans sa poche et dit aux infirmiers :

– Élias est une célébrité, il attise les jalousies et il a vraiment besoin de repos. Seules les personnes autorisées par le médecin peuvent lui rendre visite. C'est important, vous comprenez ? Je ne voudrais pas qu'il rechute.

Les premières nuits à la clinique furent peuplées de sueurs froides et de crises de manque. Le sevrage était accompagné par des médicaments de substitution. Ma conscience était chahutée par la fièvre et les cris. J'étais projeté dans un pays d'ombres, où défilaient devant mes yeux impuissants des images aguicheuses d'une vie sans noirceur. Je continuerais longtemps à percevoir en rêve le visage qui fut le mien, cette gueule cassée par l'amour de Violaine. Elle m'apparaissait souvent au fond de mon crâne. Elle semblait me supplier, m'implorant d'entendre son appel à travers les brumes de ma conscience. Je la traquais dans les méandres du souvenir. Mais ces labyrinthes n'avaient pas d'issue, et elle restait inatteignable pour la créature fragile que j'étais. Car chaque fois, Violaine s'échappait.

– Tu parles à quelqu'un pendant ton sommeil. Tu as l'air si triste, j'ai de la peine pour toi ! me glissa Anne au réveil avec une douceur infinie. Ce matin-là, je pleurai dans ses bras. Et pour la première fois, je lui racontai la nuit qu'avait été ma vie : mon mariage raté, mes chagrins, mon enfance ; Anne écoutait avec tendresse et patience.

Les jours suivants s'enchaînèrent, rythmés par ses visites. Le matin, son parfum discret annonçait sa présence avant même que j'ouvre les yeux. L'après-midi, elle lisait près de la fenêtre. Le soir, sa voix douce me berçait jusqu'à ce que je m'endorme. Elle passait désormais tout son temps avec moi, posait sa main sur mon front. Elle changeait les linges humides avec tendresse et espérance. Les heures devenaient des jours, les jours des semaines. Anne y croyait, elle me rassurait, elle ne me cédait pas. Je me sentais brisé, humilié, abandonné.

Un matin, après avoir ouvert les rideaux et laissé entrer le soleil :

– Je peux te poser une question ? me demanda-t-elle en s'asseyant sur mon lit.

– Ce que tu as dit aux César, ton envie d'arrêter la musique… Tu le penses vraiment ? Parce que moi, ta musique, elle me fait pleurer. Ça me donne envie de vivre.

Je la regardai avec attention sans répondre. Elle conclut :

– Je voulais que tu le saches.

Puis elle changea de sujet. Sa présence était le seul réconfort que je connaissais alors.

Sans le vouloir vraiment, Anne se mit à s'habiller, à parler, à se mouvoir comme Violaine. Je m'éveillai un matin et vis Anne prendre soin d'un bouquet dans ma chambre, qui en était remplie.

– C'est toi qui m'apportes des fleurs tous les jours ?

Après un court silence embarrassé, voyant mon visage souriant pour la première fois, elle répondit que oui. Quelque chose dans son regard hésita. Je la remerciai : ces attentions me faisaient vraiment plaisir. Voilà comment Anne commença à s'approprier les cadeaux que Violaine continuait à m'offrir, souhaitant chaque jour renouveler l'heureux effet de la veille. Je me souviens aussi d'un week-end où Anne s'était absentée et où l'ennui régnait à l'hôpital. Elle n'était pas là mais me fit porter un mot singeant celui de Violaine :

Mon Élias,
L'autre fois lorsque je te tenais dans mes bras, j'ai tout compris. Cette peine qui t'accable et qui t'empêche depuis

que tu es petit, je peux t'aider à la surmonter… Ce n'est pas ta faute, tu n'es coupable de rien ! Ces quelques fleurs pour te dire que je suis avec toi, même le week-end.
Je t'embrasse fort et me réjouis de te revoir lundi,
Anne.

Son mot m'émut. La présence de Violaine passait désormais à travers Anne. Elle dessinait en moi un passage étroit vers une existence plus apaisée. Peu à peu, je surmontais les crises, le manque, j'allais mieux. Je me sentais plus vif et plus alerte, de plus en plus longtemps. Anne s'insinuait dans mon esprit, juste à côté d'une tristesse qui ne cessait de diminuer. Pendant ce temps, dehors, l'orage approchait.

De l'autre côté du mur, Violaine perdait patience. Un après-midi, elle interpella Anne à la sortie de la clinique. Elle ne comprenait pas pourquoi je ne répondais pas à ses messages, ni à ses fleurs ! Et pourquoi, elle n'avait toujours pas le droit de me rendre visite.

– Je ne suis pas médecin. Et vous savez très bien pourquoi.

– Ça fait des jours que je me tiens à carreau.

– Ils considèrent peut-être que vous ne lui faites pas du bien.

Violaine parut si blessée par la remarque qu'Anne prit sur elle d'arrondir les angles. Elle avança que ma fatigue était telle qu'aucune visite supplémentaire n'était possible. Mais Violaine, qui m'avait surpris debout à la fenêtre un soir, flaira le mensonge et la supplia d'avoir un peu d'humanité. Elle était prête à tout pour me voir rien qu'une minute, et si je ne voulais plus d'elle, elle préférait que je le lui dise de vive voix. Touchée par le désespoir que Violaine éprouvait – et qui lui rappelait l'amoureuse misérable qu'elle avait été par le passé –, Anne accepta de me transmettre un de ses mots.

Pourtant, lorsqu'Anne entra dans ma chambre, je ne la laissai pas parler. Une colère diffuse m'habitait. J'avais mal dormi, j'étais irrité, je m'ennuyais et l'alcool me manquait. Je lui faisais mille reproches, empêchant, sans le savoir, Anne de s'acquitter de sa tâche. Depuis l'aube, j'étais insupportable. Je pensais qu'elle était jeune, que j'étais déjà vieux, triste et qu'un jour ou l'autre je devrais sortir de l'hôpital : elle finirait elle aussi, par m'abandonner. Lorsqu'elle tenta malgré tout de me parler de Violaine, j'insistais une nouvelle fois pour boire une bière.

– Tu sais bien que ce n'est pas possible.

– Alors casse-toi.

Anne se figea et sembla se vexer de la gratuité de mon agression. Un silence glacial s'installa. Puis elle adopta un ton tranchant :

– Tu vas nous faire le numéro longtemps ? D'abord l'alcool, ton discours pathétique et après ce sera quoi ? Tu as tout pour être heureux, Élias. Si tu préfères tout gâcher, c'est sans moi.

Je n'avais jamais vu Anne se mettre en colère à ce point, avoir touché sa limite, la voir tourner les talons. Je fus pris de panique et criai :

– Ne me laisse pas seul !

Elle s'interrompit, comme pour me laisser une dernière chance de m'excuser, de me reprendre ou de m'expliquer. Vibrer d'angoisse et prendre un ton naïf :

– Pourquoi tu fais tout ça pour moi ?

Son hésitation dura une éternité. Anne se retourna, sourit et déposa un baiser sur mes lèvres :

– Parce que ça me rend heureuse.

Violaine fut terrassée par la scène qu'elle aperçut à travers la fenêtre. Assister au spectacle du baiser entre Anne et moi, c'était trop pour elle. Une larme. Puis une autre. Elle eut sa réponse et se fit la promesse de ne pas m'attendre davantage.

Anne m'apprendrait *a posteriori* qu'en m'enlaçant, elle avait croisé son regard. Les remords la hantèrent les années qui suivirent. Elle fut adorable avec moi à la sortie de l'hôpital. Et malgré les efforts que je déployais pour la faire fuir, j'ai échoué à la décourager.

Anne s'installa chez moi, le temps que je reprenne pied. Le provisoire a duré et près de neuf ans plus tard, nous habitions toujours ensemble. Pendant toutes ces années, j'avais tenu. Je ne buvais plus, je n'avais pas repris la drogue. Je m'étais appuyé sur la stabilité du couple pour trouver la mienne. Et j'en tirais une immense fierté.

– Tu ne trouves pas dommage d'avoir arrêté la musique ? me demandait-elle souvent.

– Je suis passé à autre chose.
– Je trouve ça dommage moi, soupirait-elle parfois en se blottissant sur mon épaule.

Les deux premières années après l'hôpital, si Anne avouait son amour pour moi, je m'interrogeais encore sur cette histoire atypique. Je me sentais bien avec elle, mais je demeurais incapable de me penser comme amoureux, et de cela j'en éprouvais de la culpabilité. Cela faisait-il de moi un lâche, un profiteur ? Je me plongeais encore parfois dans des angoisses paralysantes.
– Je vois bien que tu fais la gueule, remarquait Anne de temps en temps.
Dans ces cas-là, je haussais les épaules, l'air de rien.

Un jour où ma honte était trop forte, je me suis lancé, la mine basse :
– Je ne sais pas si on est amoureux ou juste amis.
Anne sourit doucement.
– Ça viendra peut-être avec le temps. En attendant, je peux aimer pour deux.

La délicatesse des propos d'Anne, sa simplicité et son honnêteté me touchèrent en plein cœur. Si je ne me sentais pas plus amoureux après notre échange qu'avant, j'étais désormais libre de le devenir. Un poids était tombé.

Mes nuits ne s'apaisèrent jamais vraiment. Dans mes rêves, j'étais poursuivi par des puissances invisibles. Je fuyais, m'épuisant dans des courses qui se terminaient par un réveil en sursaut, trempé. J'avais beau proclamer l'inverse, la musique flottait encore en moi comme un fantôme et Violaine voyageait silencieusement dans chacune de mes pensées, non seulement comme une tristesse ni comme une colère, mais comme un refuge, une mélancolie.

Pendant neuf ans, Anne et moi avons partagé nos vies. Elle a donné même ce qu'elle n'avait pas. Un puits sans fond. Elle gagea ses tripes et son cœur. Sa patience et son temps. Elle paria que mes sentiments finiraient par égaler les siens. Tout miser. Et ne rien recevoir en retour. L'investissement désintéressé se convertit en agressivité, en phrases assassines. Dans chaque mot une incompréhension, un reproche, un « Pourquoi tu ne m'aimes pas ! ». Car chaque fois que nous nous approchions d'un engagement concret, c'était plus fort que moi, mon cœur reculait. Si bien qu'elle se mit à douter. Elle exigea des preuves d'amour et des enfants. Elle m'accusa d'avoir piétiné sa vie, la machine se grippa et notre histoire s'acheva peu de temps après, en 1999.

Cette année-là, l'assemblée se déchirait autour du Pacs. Deux mille amendements avaient été déposés contre le projet de loi en faveur de l'union civile pour tous, y compris les homosexuels. Malgré les discours virulents à la tribune, la loi fut promulguée en novembre. Je pensais souvent à Julien. À ce qu'aurait été sa vie s'il était né trente ans plus tard. Il aurait peut-être osé aimer librement, sans honte. Je me sentais admiratif de celles et ceux qui, à son époque, avaient eu le courage d'assumer leur différence publiquement, en dépit des risques. Julien n'avait pas fait ce choix, mais pouvais-je vraiment le lui reprocher ? Les temps changeaient, sans qu'il ne parvienne à en profiter.

Je n'ai jamais trouvé le courage de recontacter Violaine. Et plus le temps a passé, plus il était difficile de le faire. Elle devint peu à peu une image réconfortante et floue, un sentiment lié à une période de ma vie. La fin d'une époque. Celle de la première disparition de Julien aussi, bien avant la messe et les mots du prêtre. Je les voyais moins, puis pas, puis plus du tout. Julien continua à prendre des nouvelles un temps puis m'apprit très vite qu'ils s'étaient installés au Maroc pour gérer leurs usines délocalisées. De Roubaix, il ne restait que des bâtiments vides, la crise avait avalé l'une après l'autre les dernières manufactures de notre enfance.

Après notre rupture avec Anne, ma vie ressembla à celle d'un ermite. Je subsistais en écrivant des piges pour des magazines spécialisés où mon nom n'évoquait plus grand-chose, à part pour quelques cinéphiles nostalgiques. Mon appartement du 19e arrondissement devint un sanctuaire intime, un monde à part peuplé de vinyles soigneusement classés dans chaque recoin disponible. Philip Glass et Max Richter occupaient les places d'honneur – ce qui ne m'empêchait pas de découvrir des trésors de musique d'autres territoires comme le Brésil ou le Mali, dont la vivacité me fascinait. Ces sons semblaient venir d'une autre vie, celle où j'aurais continué à créer.

Le 16 novembre 2009, la pluie sapait le moral de tout Paris depuis des jours. L'automne dépouillait les arbres de leurs feuilles. Pour me réchauffer l'esprit, je lisais un polar dans le petit salon de mon appartement. J'avais cinquante-neuf ans et des habitudes de retraité que Julien vint perturber ce jour-là d'un terrible coup de téléphone :

– Je suis désolé de te déranger, me dit Julien à l'autre bout du fil.

– Tu ne me déranges jamais, ça me fait plaisir de t'entendre !

Julien, au bord du précipice, ravala sa salive. Puis la vague de sa voix se brisa.

– … C'est Violaine. Elle ne va pas bien du tout.

Je pâlis tandis que Julien tentait de se reprendre.

– Elle dit qu'elle ne veut voir que toi.

– Moi ?

– Si tu veux lui parler, c'est maintenant.

– Mais vous êtes où, au Maroc ?

– Nous sommes rentrés à Roubaix pour les soins. Violaine est à l'hôpital.

Dans les situations difficiles, on distingue deux types de personne. Il y a celles qui entrent dans le drame à l'instant où on leur annonce la mauvaise nouvelle. Chez elles, le ventre se lie au cerveau et les émotions conçoivent ce que l'esprit ne parvient pas encore à appréhender. Souvent les larmes affluent et la compassion s'installe : elles souffrent avec les souffrants.

Et puis il y a celles qui plongent dans le drame un peu plus tard. Celles-là ne sont ni idiotes ni inhumaines, elles savent qu'il y aura un avant et un après. Entre le choc de l'annonce et les sensations ressenties, elles pataugent dans un léger trouble. De quelques heures à quelques jours, un répit offert entre le réel et la douleur, un temps d'analyse, d'humour parfois, un temps flottant, désincarné. Elles savent que la catastrophe est arrivée, elles attendent les effets, mais ne les ressentent pas encore. Ces personnes-là ont parfois besoin d'un événement ténu pour que la bulle éclate et qu'elles rejoignent le commun des mortels dans la sidération. Je suis plutôt de celles-là.

L'annonce de Julien m'épouvanta, je n'hésitai pas une seconde avant de sauter dans la voiture et de rejoindre l'immonde hôpital en béton de Roubaix. Je ne bronchai pas lorsque l'infirmier m'indiqua la chambre 508, au cinquième. Je ne pleurai non plus lorsque je compris qu'il s'agissait du service des soins palliatifs et que Julien n'avait pas exagéré.

Je crus défaillir, en revanche, lorsque j'aperçus Violaine dans sa chambre.

Des cheveux blancs soigneusement coiffés, les traits creusés, la peau sur les os, le teint pâle. Violaine avait l'allure d'un spectre que la mort aurait à moitié emporté. Elle demeurait pourtant élégante et paraissait très émue de me voir, soulagée aussi.

– On n'a pas beaucoup de temps, Élias.

Sa voix était saccadée, épuisée. Chacun de ses mots ou presque s'entrecoupait d'un sifflement. Et comme je n'osais pas bouger, elle me fit signe de m'asseoir sur le lit à côté d'elle.

– Tu sais, je ne veux m'excuser de rien...

Je tentai d'encourager sa parole avec des « Je comprends » ou des « bien sûr », mais Violaine m'interrompit :

– Laisse-moi parler, sinon je ne vais pas y arriver.

Elle me serra la main un long moment, sans que je sache si c'était par affection ou pour reprendre des forces.

– Julien m'a donné de beaux enfants… des petits-enfants… Je ne regrette rien. Mais j'ai bien réfléchi et… je ne voulais pas partir sans te parler.

Soudain, son visage fermé s'illumina d'un sourire.

– J'imaginais que ça passerait, mais non. J'ai passé mon existence à penser à toi.

Mon corps entier se figea. Une larme coula.

– J'ai tellement rêvé de cette vie-là.

– Moi aussi. Mais il ne faut rien regretter, je n'étais pas prête. Je te faisais des avances uniquement lorsque tu ne pouvais y répondre, ajouta-t-elle avec malice.

Puis Violaine prit une grande respiration, avant de continuer. Elle hacha ses phrases pour être la plus précise possible.

– J'ai aimé la vie que tu as créée en moi. Malgré notre éloignement, malgré les disputes… Et si tu m'as aimée comme je t'ai aimé, alors tu as connu le feu et la joie. Je t'assure, j'ai eu beaucoup de chance.

Je me séchai les yeux, tandis que Violaine fut prise d'un râle qui s'altéra en une quinte de toux si violente qu'elle manqua de s'étouffer. Je tentai de la réconforter comme je pouvais. Et lorsque la crise fut passée, je sortis des partitions de mon sac. Violaine parut surprise.

– C'est la bande originale du premier film pour lequel j'ai composé la musique. *Les Ambitions corrigées*, tu te souviens ? Eh bien, la version définitive n'était pas la mienne. Voilà celle que j'avais écrite pour toi.

– Pour moi ?

– Oui. Pour te dire ce que je n'arrivais pas à exprimer avec des mots. Mais comme on l'a défigurée, je n'ai jamais osé te…

– Je te terrorisais tant que ça ?

Comme je ne répondais rien, elle plongea dans la lecture. Les sourcils tantôt froncés, les yeux rieurs ou grands ouverts, son visage voyageait dans le passé et remontait peu à peu jusqu'au baiser manqué de notre adolescence. La mélodie passait de mon âme à la sienne.

– C'est beau ! dit-elle, alors qu'une larme perlait. Mais tu n'avais pas besoin de composer tout ça pour être aimé. Je t'aimais déjà !

Et tandis que je blêmissais, elle m'a pris dans ses bras et nous nous sommes embrassés.

– Je peux les garder ? me demanda-t-elle en posant les partitions sur son cœur.

– Bien sûr.

Je l'ai regardée s'endormir, le souffle court, la gorge serrée. Quelques heures plus tard, elle était morte.

En sortant de la chambre d'hôpital, Julien m'attendait et me prit dans ses bras :

– Vous en avez mis du temps tous les deux, me chuchota-t-il alors que j'éclatai en sanglot.

Dans son étreinte, je mesurai l'étendue de l'amour de Julien.

Dix ans après, je me tiens devant l'église de Roubaix après la messe. Il fait gris mais le crachin et la brume ont disparu. La voiture des pompes funèbres a englouti le cercueil de Julien. Je me dis que j'aurais au moins pu lui dire que je l'aimais.

Je pense à Benoît aussi qui, à l'occasion d'un voyage, tomba sous le charme de Madagascar et décida de s'y installer définitivement. J'appris dans une lettre qu'il avait fini par se marier. Regrettait-il de n'avoir rien construit de tangible ? Était-il tombé amoureux ? Avait-il renoncé aux autres femmes ? Difficile de savoir. Je lui ai écrit pour lui annoncer le décès de Julien. Je n'ai pas reçu de réponse. Peut-être est-il mort lui aussi. Il ne reste que moi sur l'esplanade, un peu à l'écart.

J'observe Marc remplir ses obligations auprès de quelques proches et je l'attends. Depuis qu'il a exprimé le besoin de me parler, ma tête est en ébullition. Je pronostique, m'interroge et lutte pour ne pas me dérober.

Une fois les condoléances reçues, Marc me rejoint et nous nous mettons à faire quelques pas. Je lui demande s'il tient le coup, s'entendre répondre que sa vie est une tornade en ce moment. Des parenthèses se ferment comme on claque des portes, d'autres s'ouvrent encore plus brusquement.

– Tout n'est pas sombre pour autant, me dit-il.

– J'ai appris ça dans la presse !

Marc s'est vu offrir la direction de l'opéra de Marseille et l'a acceptée.

– Je stresse un peu, mais…

– Tu es fait pour ça, ça va très bien se passer.

Il aimerait pouvoir le croire.

– Je n'ai même pas réussi à dire non à mon oncle Jacques ! réplique-t-il en évoquant l'horrible pianiste qui a massacré l'office.

Je ne le contredis pas, j'avais les oreilles en sang.

– C'est toi qui aurais dû le jouer, Élias.

Je pose une main sur l'épaule de Marc et commence à me justifier. Mais le fils de Julien m'arrête. Ça va, il connaît l'histoire, dit-il en sortant une grande enveloppe kraft de sa poche intérieure.

– J'ai retrouvé ça dans les affaires de maman, dit-il d'un ton sec et rancunier.

Je découvre mon nom écrit par Violaine. Son style sec et penché me retourne le cœur. Ce sont les partitions que j'avais données à Violaine le jour de sa mort. Je m'assieds sur un banc et reprends mes esprits.

Pourquoi avoir laissé ces partitions à Violaine ! Depuis dix minutes, son fils me traque. Il me raconte que l'après-midi de sa mort, sa mère l'a convoqué pour lui faire ses adieux. Elle lui a fait promettre de les conserver jusqu'à ce que Julien décède. Elle ne voulait pas blesser son mari davantage. Aujourd'hui, Marc a de la colère dans la voix. Il dit que cette situation a fait de lui un complice et qu'il a multiplié les conflits de loyauté.

– Pendant très longtemps, j'ai été fâché contre elle et contre toi.

Puis Marc a fondé sa famille, et il a mûri :

– Tu ne veux pas jouer ce morceau ? demande-t-il en fondant en larmes.

Pas question. Ce morceau était pour sa mère et il est mort avec elle.

– Pourquoi m'a-t-elle demandé de garder les partitions alors ?

Je ne sais pas, je m'en fous, je me lève d'un bond. C'est fini la musique pour moi, il le sait. Et deux ou trois larmes n'y changeront rien. Je suis vieux, j'ai essayé, je n'y suis pas parvenu. À bientôt Marc.

Marc m'agrippe sur le parking.

– C'est un peu facile d'accuser le destin, tu ne penses pas ?

– Peut-être, mais c'est comme ça.

Je me réfugie dans ma voiture. Je verrouille les portes. Et je le vois qui continue. Il ose m'affirmer que si j'ai du talent, je dois en faire profiter les autres. C'est ce qu'elle voulait ! Qu'est-ce qu'il en sait ? Il répond qu'il travaillait déjà dans la musique il y a dix ans lorsqu'elle est morte. Ces partitions, elle ne les a pas laissées à sa sœur, elle les a remises à son fils, directeur artistique.

Il est curieux, ce Marc, avec ses grands gestes derrière la vitre. Il se raconte beaucoup d'histoires.

– À l'hôpital, ta mère m'a dit que j'avais composé pour rien, alors arrête de me supplier comme ça.

– Pas du tout ! Elle m'a fait jurer d'en prendre soin. Au départ, j'ai pensé qu'elle était influencée par ses sentiments, mais non. Cette musique m'accompagne en secret depuis des années. Et j'ai bien été obligé de reconnaître qu'elle avait raison. Tu n'as pas le choix, Élias.

– C'est hors de question.

Les jeunes sont marrants. Ils pensent qu'on règle des décennies de non-dits, de sabotages et de chagrins en un claquement de doigts. Ils ne savent pas qu'on finit par confondre le récit de ses échecs avec l'histoire de sa vie. Notre tragédie est une histoire à laquelle on tient. On la chérit, elle nous sert de béquille, elle nous rassure. Et pour beaucoup d'entre nous, la perdre est une tragédie plus grande encore ! C'est prendre le risque de marcher seul, sans cet ami qui vous fait trébucher pour mieux vous réconforter à la minute qui suit.

– Tu m'en veux encore ? me demande Violaine dans le creux de l'oreille, chaque soir depuis des semaines.

– Je me sentais si petit à côté de toi…

– Tu ne crois pas qu'on pourrait devenir amis maintenant ?

– C'est toi qui as donné le signal du départ. Nous sommes devenus des étrangers, et c'est bien mieux comme ça.

Sept ans plus tard, Marc a fini par me tordre le bras. Je suis à Marseille et devant moi, sur la façade de l'opéra, une affiche sobre et spectaculaire à la fois. *Bleu bizarre* ? Du 10 au 17 septembre 2026. Un concert d'Élias Loizeau. Deux traits séparent l'affiche en deux. « Création » est écrit en gras. Le sourire esquissé est vite recouvert par le trac. Dans deux heures, le public s'amassera devant les portes et les guichets. Dans deux heures trente, ils prendront possession de la salle. Dans quatre heures, tout sera joué. J'ai soixante-seize ans et ma vie commence aujourd'hui.

Mais pour l'instant la salle est vide, je suis le seul spectateur. Je déambule entre les sièges, traverse la scène, les coursives. Dans la loge, je me rassure auprès de mes maîtres. Une affiche de Trenet, de Reich et de Philip Glass, tous se sont produits ici avant moi.

– La presse est arrivée, tout le monde veut t'interviewer ! s'exclame Marc avec malice en poussant la porte.

– Oh non, pas maintenant, je t'en supplie.

– Ils se demandent tous quelle tête a ce jeune compositeur oublié de soixante-seize ans. Et je ne sais pas quoi répondre.

– S'il te plaît.

– Tu n'y échapperas pas, poursuit-il en souriant. *Le Monde* a écouté les maquettes, ils ont déjà prévu une pleine page.

– Elle aurait été fière que ce soit toi, ma première programmation. *Ils* auraient été fiers, dit-il tout sourire et en m'embrassant sur la joue. Papa aussi, je le sais.

Avant d'entrer sur scène, je glisse un œil dans le trou du rideau rouge prévu pour les artistes anxieux ou les directeurs de théâtre grippe-sous. La salle est pleine, le public est installé, sceptique ou concentré, curieux ou fatigué. Plus ou moins jeune, mais plutôt moins que plus. Une silhouette attire soudain mon attention au premier balcon. Une dame élégante, chevelue, chic et impertinente. Je crois voir Violaine. À sa gauche, Julien lui tient compagnie, le visage recouvert d'admiration.

– On y va ? me demande le régisseur, en posant sa main sur mon épaule. Je sursaute. Il s'excuse. J'acquiesce avec solennité. Je suis prêt. Le régisseur fait signe au technicien, le technicien actionne le levier. Le rideau se lève et j'entre sur scène face à l'orchestre. Je prends une grande respiration, lève ma baguette. Le concert commence.

REMERCIEMENTS

Je voudrais remercier Côme, et tous ceux qui m'ont amené jusqu'à lui.

Luc, grâce à qui l'aventure a commencé,

Merci à Jérôme, Quentin et les autres camarades du 20e,

Nathalie, Marie, Roger Pilar et Laurence, les bonnes fées,

Jean-Philippe Fabre, Inès, Yoann et Raph,

Un immense merci à Thomas pour ses conseils dans la dernière ligne droite,

Et, bien sûr, Émilie, Emilio ainsi que toute l'équipe de Rivages pour leur confiance et leur accompagnement.

pca
cmb
édition pré-presse
livres numériques

44400 Rezé

Achevé d'imprimer sur Roto-Page
en octobre 2025
par l'Imrpimerie Floch à Mayenne
N° imp. : 107956
Dépôt légal : janvier 2026
Imprimé en France